Marco Sessi

CORREGGIO
VENTI DAL PASSATO

ROMANZO

*La libertà è uno stato di grazia
e si è liberi solo mentre si lotta per conquistarla.*
da *L'ombra di quel che eravamo*
Luis Sepulveda

*La povertà di ieri era meno povera di quella che adesso
ci riserva l'industria.
Anche i ricchi erano meno ricchi.*
Jorge Luis Borges

Prologo

Febbraio 1945.

...La nebbia esondando dai fossi accarezza con i suoi umidi tentacoli siepi e piante, ma intirizzita dal troppo freddo, invece di stazionare sulla terra gelida, veleggia ad un metro d'altezza e da lì non si muove. Da un olmo imbiancato dalla brina escono due ombre e a peso morto scivolano nel vicino fossato dove vengono inghiottite dalla bruma. Alzano la testa. Occhi indagatori scrutano l'oscurità, mentre le dita stringono nervosamente l'erba ghiacciata. Il fiato a contatto con l'aria gelida si materializza tradendo la loro presenza; sempre che nella zona ci sia qualcuno interessato ai loro movimenti. Ad una cinquantina di metri, fioche luci cercano di bucare l'oscurità, resa spettrale dalla foschia che abbraccia la pianura. Si intravede a malapena la misera e deserta sala del bar-trattoria.

Due soldati appartenenti alla 14° Armata della Wehrmacht decidono d'interrompere l'inutile ronda. Con due pesanti manate si scrollano il gelo prima dai cappotti e poi dall'anima, appoggiano le armi al muro esterno ed entrano nel locale alla ricerca di un tepore ristoratore.

Senza fare rumore le due figure escono dal fossato, e fluttuando sulla ghiaia, quasi accarezzandola, raggiungono il ramingo edificio. Si appiattiscono contro il muro, cercando, a stento, di trattenere il fiatone. Un rivolo di sudore scende lentamente dalla fronte del più giovane, un ragazzo leggermente stempiato e non più alto di un metro e sessanta, ma dalla volontà di ferro; lo si legge dagli occhi vispi e fieri. Le vene martellano le tempie del suo compagno, che girando velocemente la testa prima a sinistra, poi a destra, cerca di captare qualche pericolo. Dall'alto dei suoi due metri, con sguardo timoroso sbircia all'interno del locale mentre il cuore colmo di paura batte forte sotto il cappotto. Si appoggia la mano sul petto come se volesse zittirlo. Un lieve cenno d'intesa con il capo e afferrano nervosamente gli MP44. L'MP44, mitragliatore d'assalto in dotazione alle truppe della Wehrmacht, che nelle intenzioni dei gerarchi tedeschi avrebbe dovuto cambiare il volto della fanteria per renderla invincibile. Peccato che venne messo in produzione di serie solamente dopo diversi tentennamenti di Hitler, quando l'esercito tedesco da cacciatore era diventato preda e si stava difendendo su tutti i fronti europei. Con il prezioso "dono" tra le braccia i due giovani scompaiono nel buio, come fantasmi.

Mezz'ora dopo i militari tedeschi, completamente ubriachi, escono dal bar sorreggendosi come due innamorati e con passo malfermo si dirigono verso la garrita della postazione di controllo di Lemizzone. Il posto di blocco è un'appendice del distaccamento della 14° Armata forte di un centinaio di unità, che è accampata nella ex sede del fascio nel centro di Correggio...

Qualche sera dopo...

Due uomini, armati di fucile mitragliatore, frugano con lo sguardo il nero che li circonda, le orecchie tese allo spasimo alla ricerca di rumori sconosciuti, mentre altre tre persone attrezzate di vanga, badile e piccone stanno martoriando la terra resa dura dal freddo alla ricerca di chissà quale tesoro. Tra un'imprecazione e un soffio che cerca di scaldare le mani a rischio di congelamento, un sussurro scuote le due sentinelle.

«Atos, sei sicuro che sia il posto giusto? Con questo buio rischiamo di picconarci un piede».

«Certo che sono sicuro!» - Risponde il giovanissimo comandante del distaccamento "Volante Borghi", rientrato nel paese natio dopo alcuni mesi di lotta armata sulle colline reggiane. Abbassa l'arma e, sempre con un filo di voce, aggiunge - «La linea telefonica Roma-Berlino corre parallela a via Imbreto. L'Alda che lavora presso la ditta Morandi Attilio si è ricordata di una conversazione tra due militari tedeschi quando qualche mese fa sono passati in fabbrica a ritirare l'ordine di sessanta confezioni di calzoncini. Discutevano sui turni di guardia che dovevano fare alla postazione radio presente in centro a Correggio e dicevano che era arrivata una squadra a riparare un difetto alla linea proprio qui, in via Imbreto. Risparmiate il fiato perché dovrete scavare una buca molto profonda».

E si rimise a scrutare l'orizzonte. Il lavoro continuò nel totale silenzio della notte quando un fruscio e il secco rumore di uno stecco che si rompeva fece sobbalzare le due sentinelle e i tre uomini che lavoravano nella fossa. Occhi impauriti sondano l'oscurità alla ricerca del pericolo, dita tremanti accarezzano il grilletto del fucile pronto a sputare sentenze. Il corpo smette di produrre calore e il sudore ghiaccia le ossa dei partigiani perché il sangue non gira fluido nelle arterie, mentre i pensieri, forse gli ultimi, si accavallano e si strattonano per avere l'ultimo minuto d'aria. Atos pensa al sogno che, forse, non si realizzerà più: gli sarebbe sempre piaciuto studiare ed entrare in politica per dare una svolta alla decadenza della Patria. Acquasanta immagina quanta uva si potrebbe fare crescere in questa zona, mentre i tre partigiani nella buca si accovacciano e pensano che non ci sarà bisogno della bara. Un gatto con un topolino in bocca li guarda tenendo la coda ferma e dritta parallela al terreno in segno di pace e continua per la sua strada.

Un sospiro di sollievo ravviva i visi dei cinque: Atos si asciuga con il braccio il sudore che era spuntato sulla fronte, mentre il suo compagno si fa un veloce segno della croce. Lo scavo riparte con più frenesia e dopo mezz'ora di assiduo lavoro il rumore sordo della punta del badile attesta che si è raggiunto l'obiettivo. Il partigiano cerca di spaccare con il piccone il tubo che contiene i cavi, ma la buca troppo stretta e il manico dell'attrezzo troppo lungo non gli permettono l'operazione.

«E adèss cusa fagh?[1]» - Si rivolge sconcertato verso i compagni -.

Senza pensarci due volte, Atos gli ordina di rompere il manico del piccone, ma ottiene la resistenza del compagno.

«Non posso romperlo, è nuovo».

Atos allora, con un diavolo per capello: «Abbiamo fatto tanta fatica e non possiamo pensare a queste cose, ne ruberai un altro. Tagliando questi cavi le comunicazioni rimarranno interrotte per qualche giorno e, senza ordini e informazioni sul fronte italiano, i piani tattici delle truppe stanziate nella zona subiranno dei rallentamenti. Dai, spezza il manico, rompi il tubo e trancia i cavi! Dopo voi due ricoprite la buca: non possiamo rimanere allo scoperto per tanto tempo, rischiamo di essere avvistati da una pattuglia!»

«Guerda che, tanta fadiga a scaver un bus e pò s'toca d'impirel ed nòv[2]».

Atos, sempre più impaziente, ma mantenendo un tono di voce calmo, sprona i compagni: «Veloci, ci aspettano alla casa di latitanza dei fratelli Iotti a Lemizzone. È una casa sicura, l'abbiamo utilizzata anche quando abbiamo abbattuto i centocinquanta pali delle linee telefoniche nella zona di Gavassa; lì troveremo qualcosa da mangiare e un poco di caldo. Forza, che il tempo stringe!»

[1] E adesso cosa faccio?
[2] Tanta fatica per scavare un buco, e poi mi tocca riempirlo subito

I cinque partigiani si avvicinano con cautela alla casa colonica immersa nel buio. Due grossi alberi fanno da guardia ai lati della costruzione, le imposte di legno delle finestre chiuse, come il grosso portone, la fanno sembrare un placido pachiderma addormentato.

«È quella la casa dei fratelli Iotti». - E, dando un'ultima furtiva occhiata alle tenebre, si decide -. «Vado avanti io».

Atos, chino sulle gambe e il fucile pronto alla bisogna, si avvicina alla porta e con il cuore in gola sussurra: «La notte è fredda».

Qualche interminabile secondo d'attesa, poi all'interno: «Domani lo sarà di più».

Rinfrancato, si rilassa e con un movimento delle braccia chiama a raccolta la sua squadra. Una porticina ricavata nel grosso portone si apre senza fare rumore e nella quale fulmineamente i cinque uomini scompaiono. All'interno si trovano in un largo corridoio, la terra come pavimento e un carro pieno di fieno è parcheggiato contro il muro; sopra al carro un soppalco, anch'esso pieno di fieno e una scala di legno. Alla loro sinistra una porta che introduce alla casa padronale, ma il contadino con un gesto della mano gli indica di andare a destra verso la stalla.

«C'è più caldo lì» - spiega l'uomo -. «Ieri ho finito la legna e la stufa in cucina è spenta».

Il calore all'interno è veramente confortante e il sollievo è tanto da mitigare pure il pungente odore. Due donne, vestite di leggeri indumenti di stoffa grezza, con uno scialle sulle spalle e un fazzoletto che copre i capelli, stanno facendo delle calze con i ferri. Decine di occhi scrutano con curiosità i nuovi arrivati, mentre con un movimento del tutto naturale della coda, scacciano le mosche dal corpo. L'incessante e ritmico movimento delle bocche piene di fieno non conosce sosta. Su un basso tavolino di legno, circondato da sgabelli con tre piedi, del pane da poco sfornato che sprigiona un buon aroma e diversi pezzi di formaggio. Completa la misera tavola imbandita, un fiasco di vino e bicchieri dalle svariate forme.

I giovani partigiani sfregandosi le mani si siedono e cominciano a mangiare avidamente, quando uno scricchiolio che arriva dalla scala che era appoggiata al soppalco li allerta. Si alzano precipitosamente, rovesciando gli sgabelli e imbracciano le armi. Prontamente Iotti allarga le braccia e lancia un grido.

«Non sparate! È il gruppo di Glauco che si è nascosto nel fieno, abbassate le armi, per Dio!»

La tensione scende di livello quando il secondo gruppo entra nella stalla e alla vista di visi amici spuntano sorrisi e caldi abbracci mentre i partigiani si risiedono alla tavola, Glauco, comandante del secondo distaccamento, grande come un armadio e con una chioma di ricci corvini che gli incorniciano il viso rotondo, si rivolge direttamente ad Atos: «Com'è andato il sabotaggio?»

«Abbiamo fatto non poca fatica a scavare: la terra era un blocco di ghiaccio, però alla fine siamo riusciti a spezzare la linea interrata» risponde con fierezza, asciugandosi la fronte con il dorso della mano.

Iotti, interessato al discorso, chiede: «Avete recuperato del cavo di rame?»

«No, non ne abbiamo avuto la possibilità». - Una smorfia taglia in due la magra faccia di Atos -. «Abbiamo rotto l'involucro che li conteneva e li abbiamo tagliati, poi abbiamo ricoperto la buca».

«Peccato, li avrei potuti utilizzare nella vigna».

«Non importa. Sapete...» - Continua Glauco -. «I tedeschi sgonfiano le gomme a chi vuole entrare in bicicletta a Correggio, in modo da impedire fughe precipitose nel caso uno volesse fare un attentato».

Atos si morsica un labbro e ribatte: «Sta diventando sempre più difficile questa resistenza. Non ci resta che continuare a colpire velocemente senza ingaggiare scontri frontali, perché loro sono più numerosi e meglio armati. Beh, mettiamo qualcosa sotto i denti e cerchiamo di riposarci, andiamo incontro a giorni molto...»

Un trambusto che viene dal cortile, seguito da un fitto conciliabolo, gli fanno morire in gola le ultime parole. Improvvisamente, la porta della stalla si apre richiamando l'attenzione dei presenti. La sentinella che era appostata all'esterno, accompagna un'ansimante giovane ragazza infreddolita e con le gote rosse.

«Sono la Gina» - si presenta garbatamente verso sguardi indagatori e saluta con un gesto della testa il contadino poi, come un fiume in piena, allerta i presenti -. «Presto, uscite dall'altra porta, sta sopraggiungendo una pattuglia delle Brigate Nere, qualcuno vi ha tradito. Via, via!»

Tutti si alzano precipitosamente, chi imbraccia le armi, chi ha preso una falce, chi un forcone. Glauco incita tutti a fare in fretta:

«Dai che andom[3]». Escono dalla porta posteriore e, appena si scontrano con l'aria gelida, un bengala accende la notte e una serie di raffiche s'infrange sui partigiani. La morte ne raggiunge tre senza dargli il tempo di sospirare, mentre gli altri si gettano bocconi sulla pungente ghiaia del cortile.

«E adesso cosa facciamo?» - Domanda ansimante Atos -. «Siamo allo scoperto, ma se rimaniamo qui di noi non rimarrà che carne da trofeo da esibire in piazza».

«Tu, la ragazza e due dei tuoi uomini strisciate verso la vigna, mentre io cercherò di attirare l'attenzione» è il tono perentorio di Glauco.

«Rimango con te, da solo non ce la potrai fare».

«Atos, di morti inutili ce ne sono stati già abbastanza».

«Io non ho paura di morire» - risponde fiero Atos che imbraccia l'MP44 e fa il gesto di andare contro i nemici -.

«Non hai paura della morte perché non hai ancora assaporato in pieno la vita, siete ancora troppo giovani per capire com'è bello vedere tutte le mattine alzarsi il sole. Qualcuno deve sacrificarsi e quello sarò io. Via, andate via, altrimenti vi sparo io» - ringhia Glauco, e la luce scintillante che appare nei suoi occhi non ammette repliche -. «Buona fortuna».

Sono le sue ultime parole. Con un nodo alla gola, Atos non riesce che a biascicare un: «Buona fortuna a te, amico».

Il gruppetto striscia nel buio e, sopportando senza lamenti le ferite inferte dai sassi che coprono il terreno, raggiunge i filari della vigna, mentre più indietro le raffiche aumentano d'intensità. Poi, con la stessa velocità di com'era cominciata la sparatoria, cala il silenzio sulla notte; pochi istanti ed un ultimo sparo, questa volta di una pistola, pone fine allo scontro. I fuggitivi affannati si fermano un attimo nascosti sotto la vigna, e un partigiano fa il gesto di tornare sui propri passi. Dita d'acciaio lo prendono per la giacca.

«Fermati Acquasanta, non possiamo fare nulla. La voglia di tornare indietro a combattere è tanta, ma cerca di capire che sarebbe tutto inutile» - è il comando perentorio di Atos -.

Sui visi impauriti si fa strada la rassegnazione, senza proferire parola e con occhi aridi che non hanno più lacrime da versare, i partigiani strisciano verso lidi più sicuri.

---

[3] Veloci, usciamo

1

Giorni nostri...

Grazioso seduto sul letto guarda afflitto la valigia aperta. Scuote la testa e pensa che la svuoterà più tardi. Dentro aveva cercato di riporre i ricordi che si erano disseminati come i cocci di un bicchiere frantumato, ma continuano a graffiargli il cuore, inesorabilmente. Le molle cigolano appena sotto il peso del suo corpo, si alza e titubante si dirige verso la finestra. Con espressione vacua guarda ora i pochi passanti che stretti nelle proprie riflessioni camminano lentamente tra cumuli di neve. Come uno squarcio nel buio l'affiorare di sensazioni che aveva pensato di aver cancellato in maniera indelebile lo scuote. Un grosso macigno si è posizionato alla bocca dello stomaco e lo fa respirare a fatica. Non è stata una bella idea cercare con ottusità luoghi ormai dimenticati e fare rivivere persone che hanno lasciato uno sfregio nell'anima. I ricordi possono essere dolci e allietare i momenti difficili, ma possono essere anche cattivi e crudeli e riaprire malignamente ferite che si pensavano rimarginate.

Senza girarsi e con un filo di voce spiccica un misero: «Avanti». In risposta al leggero bussare. Renzi, con cautela, entra nella stanza e soppesando le parole: «Signor Maresciallo, la macchina è pronta, anche se il luogo dell'omicidio non è lontano, le strade sono piene di nevischio».

Grazioso, con un veloce gesto della mano, lo zittisce e parole pesanti escono dalla sua bocca: «I dettagli me li racconterai dopo, abbiamo perso fin troppo tempo dalla chiamata, dovremmo essere già sul posto».

I due uomini scendono le scale velocemente.

Il corridoio e il soggiorno sono lindi, un pulito che rende dignitosi anche mobili economici e vecchi, ma non antichi; nemmeno un graffio scalfisce il finto legno della credenza, il divano è ricoperto da un panno sicuramente fatto a mano, mentre nell'angolo, una serie di mensole mettono in bella mostra decine di libri dalle forme più strane, ma ben allineati. Il Maresciallo e il suo aiutante passano nella stanza da letto, dove la scientifica ha già cominciato a cospargere su ogni cosa le "polverine magiche". L'anziano è steso supino sul tappeto di fianco al letto, una pozza di sangue si è ramificata da sotto la testa e si è fermata, quasi assorbita, su una miriade di fogli sparsi sul pavimento. La mano destra dell'uomo stringe ancora una biro. Su un foglio di giornale ha cercato di sottolineare una parola o una frase, ma è un tratto schizofrenico di chi non è più in grado di coordinare i pensieri con i movimenti poi, come se ci avesse ripensato in un moto d'orgoglio, "sono ancora io che comando", il rigo taglia in due la pagina e nella parte bianca si possono notare alcune parole scritte con mano tremante, con una grafia sfuggente.

Grazioso si rivolge con tono perentorio ad un Carabiniere con un camice bianco: «Cosa c'è scritto su quel foglio? Siete già sicuri che sia stato scritto dalla vittima?»

Senza distogliere lo sguardo dal proprio lavoro, quella che si rivela essere una donna risponde: «Quasi sicuramente è stata l'ultima volontà del morto. La biro che impugna ha il refill rosso, come la scritta sul foglietto. La sottolineatura è fatta sotto le parole: "*verde rame è usato per...*", poi ha deciso di scrivere "*soda caustica*", ma non ne abbiamo trovato tracce in nessuna stanza e neanche in cantina, chissà quale arcano messaggio ha voluto lanciarci in punto di morte o, forse, era completamente andato di testa...»

Grazioso scuotendo il capo non crede alle proprie orecchie: «Mia cara Signorina, non credo che a pochi istanti dall'incontro con il diavolo uno si metta a scrivere degli indovinelli senza senso. Lei pensi a fare bene il suo lavoro che a tirare delle conclusioni ci sono già io».

Il Carabiniere chinando ancor di più la testa sul morto non controbatte al rimprovero. Il Maresciallo rientra nel soggiorno e interroga Renzi: «Sappiamo chi era?»

L'Appuntato, distogliendo lo sguardo da un plico di fogli, annuisce: «Franzosi Michele: pensionato ed ex partigiano, nome di battaglia Acquasanta».

Leggendo i titoli dei libri sulle mensole, Grazioso pensa ad alta voce: «Nomignolo curioso, chissà qual era l'origine, sicuramente non assolveva i nazifascisti in tempo di guerra, anzi...»

«In tempo di guerra utilizzavano soprannomi semplicemente per impedire, in caso di cattura, di coinvolgere la propria famiglia nelle rappresaglie, piuttosto la morte. Riuscire a mantenere l'anonimato era uno scudo difensivo a favore dei propri...»

Il Maresciallo interrompe bruscamente l'Appuntato: «Renzi, non mi deve dare lezioni di storia, mio nonno ha accolto lo sbarco degli americani in Sicilia».

«Allora anche suo nonno ha partecipato alla Resistenza e ha contribuito alla liberazione» - è l'onorato commento del giovane -.

«No, ha proprio alloggiato gli americani, in cambio di sigarette e cioccolata, dava stanze e compagnia femminile ai militari. Aveva avviato un proficuo commercio di import ed export alla siciliana». - E prendendo un libro dagli scaffali continua -. «Appena la scientifica avrà terminato i giochini da piccolo chimico, mi servirà una copia di tutti i fogli sparsi sul pavimento e devo sapere se c'è un collegamento con i libri sugli scaffali... E poi si deve informare su quali erano le abitudini del vecchio e se ci sono persone che frequentava abitualmente».

Renzi, strabuzzando gli occhi dalla marea di richieste arrivate simultaneamente, si guarda in giro e si dirige verso la libreria, ma viene fermato dal Maresciallo: «Qualcuno ha già parlato con i vicini?»

Un lungo sospiro anticipa la risposta: «Chi era in casa non ha sentito o visto nessuno, addirittura qualcuno non sapeva che fosse un partigiano». Grazioso prende un libro, *Una Resistenza, tante storie*, lo sfoglia interessato, memorizza il titolo e lo ripone.

«Brutta cosa la solitudine, dove l'unica compagna è quella scatola parlante. Mia mamma conosceva ogni inquilino del suo condominio o chi viveva nel quartiere, eppure immancabilmente le mancava sempre un uovo, un cucchiaio di farina o un bicchiere d'olio. Era un pretesto per fare visita ai vicini e imparare a conoscersi e ad avere reciproca fiducia. Oggi, se ti manca qualcosa o esci e vai al supermercato, oppure fai una cosa diversa. Ognuno di noi si chiude nel proprio guscio, arriveremo ad avere paura anche della nostra ombra».

Il Maresciallo attraversa il corridoio e prima di uscire dall'appartamento si rivolge ancora a Renzi: «Faccia una cosa velocissima, domani mattina devo avere un resoconto dettagliato, nel frattempo sbbrigherò una commissione che ho sempre posticipato e che non può più aspettare. Vado in centro a piedi».

«Agli ordini Signor Maresciallo».

2

Stretto nel cappotto attraversa i giardini pubblici infangandosi fino alla caviglia, poi s'infila velocemente sotto i portici sperando di trovare riparo dall'umidità, ma l'unica differenza è che si sporca le scarpe di segatura che si attacca sotto le suole umide. Segatura che ricoprendo la pavimentazione dovrebbe impedire dolorose scivolate. Stizzito, sta per inveire contro l'universo biblico quando, alzando la testa, si accorge che una lunga fila di banchi natalizi fanno bella mostra sotto il porticato e decine di persone sono a zonzo alla ricerca di un regalino. Scuote la testa e si accosta al muro, dove c'è meno calca, e cerca di riprendere il cammino quando una ragazza gli porge una minuscola pergamena arrotolata in uno spago. Cerca di rifiutare il dono, ma l'attorcigliare di una ciocca di capelli nell'indice, il sorriso della donna e lo sguardo mite scaturito da occhi solari... Un azzurro che lo avvolge, che lo ammalia, che non lo fa respirare... Lo convincono ad accettare il foglietto e, bofonchiando un incomprensibile grazie, si mette l'oggetto in tasca e si scrolla di dosso la strana sensazione che lo ha investito. Arrivato alla fine del portico gira a sinistra, sotto l'orologio che, dopo l'ultima riparazione, ha sempre le lancette non in asse con i numeri e si dirige verso il negozio dove aveva fatto un ordine la settimana precedente. Scende il gradino, ma la sensazione di déjà vu lo assale di nuovo con più vigore.

...Scende i tre gradini e una nuvola di fumo lo accoglie facendolo tossire. Si guarda intorno e vede appesa al muro una pelle di biscia che lo fa rabbrividire. Ai tavoli persone di ogni età, molti con un bicchiere di vino come compagnia, mentre Andrea[4] soffia dentro ad uno strano attrezzo che tiene in posizione orizzontale rispetto alle labbra. I suoni che ne escono non sono in sintonia con gli avventori, più attirati dalla partita a carte che un quartetto vive come se fosse lo scontro finale del film "Sfida al O.K. Corral".

«Spostati ragazzino, che queste botti pesano un quintale». - Poi, rivolgendosi al locandiere -. «Aroldo, sono arrivate le botti di vino, le abbiamo appena scaricate dal vagone ferroviario, dove le mettiamo?»

«Buongiorno, Signor Maresciallo, è venuto a ritirare i colori? Ma... Non doveva partire?» - Attilio non ricevendo risposta si allarma -. «Signor Grazioso, tutto a posto?»

[4] Andrea Griminelli, flautista solista correggese di fama mondiale

Il Maresciallo si gira e guarda il muro sopra la porta e, non vedendo i fantasmi del passato, senza girarsi riflette ad alta voce: «Là sopra, incorniciata, c'era una pelle di serpente, ne sono sicuro. Lei mi prenderà per pazzo, ma era appesa proprio dove adesso c'è quella faccia».

È indica con un dito il punto esatto.

Sorridendo e annuendo con la testa il commerciante lo rassicura: «Lei ha proprio una memoria elefantiaca. La pelle era il portafortuna dei giocatori di carte e finché l'osteria è esistita, quell'amuleto è sempre stato attaccato al muro. Morti i gestori, abbiamo aperto questo negozio. Quando abbiamo cominciato a pulire siamo rimasti schifati dalla sporcizia del posto. Là dietro» - aggiunge indicando con un cenno del capo una bassa porticina che spezza in due il muro - « c'era una montagna di teste e zampe di polli. Sono rimaste lì tanto di quel tempo che una parte del muro era corrosa dal marcio. E pensare che l'osteria era uno dei pochi punti di ristoro di Correggio. Allora chi mangiava in questo posto si faceva gli anticorpi senza la puntura del medico, altro che HACCP».

«Giusta osservazione la sua» - risponde Grazioso, avvicinandosi al bancone, ma poi lo redarguisce come se fosse un maestro alle prese con un alunno intelligente ma svogliato -. «Però con troppa igiene la nostra razza s'indebolirà sempre più e con il tempo sarà sufficiente un batterio qualsiasi per portarci all'estinzione. Un poco di sana sporcizia ci aiuterà ad essere più cazzuti contro le malattie. Sì, dovevo partire, ma un altro incidente impone la mia presenza. Ha trovato quello che le ho ordinato?»

«Un bravo commerciante soddisfa sempre la propria clientela. Ecco i colori che mi ha chiesto». - E un sorriso sornione accompagna la fulminea apparizione di due barattoli sul bancone -.

Con sguardo inquisitorio, Grazioso scruta i due vasetti e legge l'etichetta. «Speriamo che sia la volta buona». - E allunga una banconota da cinquanta euro -. «Tenga pure il resto, se li è guadagnati».

Senza salutare, esce dal negozio con il pacchettino in tasca. Si dirige verso Corso Mazzini, ma arrivato sotto l'orologio, invece di proseguire verso il centro, gira a sinistra e si dirige verso via Roma dove, a poco a poco, i banchi degli hobbisti si diradano. Da alcune finestre aperte ed incuranti del freddo, che sono gli occhi degli appartamenti che si trovano sopra i portici, escono parole e musica di programmi televisivi che si dileguano nella nebbia. Pure una Messa cantata cerca il suo spazio nell'indifferenza totale.

Camminando sotto i portici lontano dalla confusione, il relax che lo pervade è totale. La mente ondivaga negli oceani del passato alla ricerca di punti fermi, non sono di vitale importanza, ma fa piacere ricordarli.

Percorre completamente la via e si ferma di fronte all'entrata della Chiesa di San Francesco, sbarrata da un'asse di legno. Qui termina anche il portico. Si volta e nota l'entrata del liceo classico, dove una volta, spostate un poco più a sinistra, rammenta l'esistenza delle Poste: stanzoni alti e lunghi, simili alle camerate delle caserme che lo facevano sentire piccolo piccolo e indifeso di fronte al mondo degli adulti. Ricorda poi quando gli alunni delle elementari uscivano schiamazzando dalla porta del liceo stesso, mentre la sua classe, inquadrata come una Legione romana usciva marciando, battendo pure il passo e la cadenza. Insegnamento di un maestro nostalgico. Sembrano secoli, ma sono trascorsi solo quarant'anni: un granello di polvere nella storia dell'universo. Gira l'angolo, ma la chiesa di San Francesco è ancora chiusa per restauro. Alza lo sguardo in alto, oltre il rosone che fora la facciata, alla ricerca della fine dell'edificio. Al cospetto dell'imponenza che trasmettono le possenti mura si sente indifeso, ma anche incuriosito dai segreti con i quali le religioni ammaliano milioni di fedeli. Religioni pensate dai padri fondatori come mezzo di unione e amore, ma che l'uomo usa per dividere e uccidere. Non facendo il tifo per nessuna corrente si accontenta della sua ignoranza, ma conscio che la sua neutralità non porterà da nessuna parte. Lancia l'ultima occhiata alla Chiesa poi ritorna sui propri passi e rientra in caserma.

3

Pazientemente, con studiati e lenti movimenti del polso, ossigena il Cognac Louis XIII – Martell. Ha prontamente dismesso i panni del Don, ma non ha dimenticato le care e vecchie abitudini. Analizza a mente fredda gli avvenimenti del giorno prima. La decisione di bruciare la sede dell'Associazione è stata impulsiva, ma con il senno di poi, non può che compiacersi della scelta. Oramai, per l'ennesima volta, la sua nuova vita era "bruciata" e sarebbe stato un suicidio insistere nella vocazione religiosa. Alza il bicchiere verso la luce della lampada, osserva il colore brillante e brinda alle persone che sfortunatamente si trovavano all'interno della struttura. Scuotendo le spalle, le archivia come un danno collaterale. Nessun pentimento attraversa la sua mente e i lineamenti del magro viso non subiscono nessun mutamento, comunque la comunità non piangerà la scomparsa di persone così ignoranti che si sono lasciate abbindolare in modo così puerile. Sorseggia il cognac e il palato assapora le fragranze della cannella e anice stellato, quelle che lui preferisce e che già aveva pregustato al naso.

Completamente rilassato si compiace del "rifugio" che con pensiero lungimirante si era tenuto come isola di salvataggio: un attico nella nuova palazzina in via Conciapelli, intestato a Gustav Alleny, una delle tante identità false che si era costruito negli anni. Un appartamento vicino al posto di lavoro che utilizzava nei momenti in cui voleva trovare un po' di pace e un luogo, talmente vicino alla scena del crimine che difficilmente le forze di Polizia avrebbe cercato nel breve periodo. Contava e conta sul fatto che dopo un tale casino lo pensino già in fuga verso chissà quali luoghi esotici e lontani.

Un altro sorso e un dolce calore avvolge tutta il palato che estende all'infinito la piacevolezza del momento: ora brinda all'esperienza maturata negli anni trascorsi al soldo della Legione straniera che gli ha permesso di costruirsi una via di fuga alternativa, nel caso in cui i piani prestabili fossero, com'è successo, messi a soqquadro. Lascerà passare qualche giorno così che giornali e media si sfogheranno, s'indigneranno, accuseranno le forze che governano la città chiedendone la testa fino a dimenticare il tutto quando si getteranno, di nuovo, in modo famelico su un altro caso in un drammatico e sterile gioco che non darà mai una risposta. Poi, con calma, tornerà a fare il mestiere che più gli piace: il sicario. Basta aver pazienza.

...Con pazienza aveva colto l'occasione per fuggire dall'Africa e lasciarsi alle spalle le bande di mercanti di schiavi. Più il tempo passava, più aumentava la fiducia che i negrieri riponevano nei suoi confronti ed aveva sempre più libertà di movimento. Così, in un maleodorante bordello, conobbe Yusuf, comandante di una petroliera che faceva la rotta mediterranea e tra i vari scali figurava anche il porto di Elefsina. Con un bel pacco di dollari si pagò l'imbarco come mozzo e venne scarrozzato fin sulle coste greche dove i controlli erano molto blandi, se non inesistenti, e fu un gioco da ragazzi arrivare in Albania. Confondendosi nel caos di quel periodo, vestì i panni del profugo, integrandosi magnificamente tra le migliaia di disperati che presero d'assalto il boat people Vlora.

Non fu una crociera a cinque stelle, ma raggiunse l'obiettivo di essere depositato sulle coste italiche e precisamente nella città di Bari. Denaro e passaporti falsi non gli mancavano e in un batter d'occhio si ritrovò a calpestare la sua terra d'origine: la Sicilia. Non versò nessuna lacrima sulla spoglia tomba della madre ed apprese che morì poco tempo dopo la sua fuga, e sputò su quella del padre. Poi cercò di dare corso al desiderio cullato per tanti anni: parlare a quattrocchi con "ziu Salvatore", capire perché lo aveva spedito nella Legione straniera e fargli pagare con gli interessi quella malsana decisione. Peccato che ziu Salvatore era stato mandato al soggiorno obbligato in un paese del Reggiano nel quale aveva ampliato il lavoro per "la famiglia", allacciando proficui rapporti con gli immigrati meridionali e con la malavita organizzata autoctona. Questo se lo fece raccontare dal figlio di ziù Gaetano in una notte fresca e con lo sfondo romantico del mar Ionio. "Figghiu" che aveva ereditato dal padre, ucciso in un vile agguato, il posto di capomandamento della zona. Con la canna della pistola che solleticava le delicate tonsille di Antonino, figlio di ziu Gaetano, fu semplice farsi spiegare gli sviluppi degli ultimi anni, del perché e del percome erano cambiati i poteri di forza tra le varie famiglie della sua città natale.

Con maestria, depistò la tragica fine del giovane Antonino, allacciandola con la tragica e inaspettata dipartita, avvenuta due settimane dopo, sempre per mano sua, di ziu Salvatore: "l'Emiliano". Fece in modo che gli investigatori pensassero ad una faida tra famiglie, lasciando sulle due scene del crimine tanti di quegli indizi che anche uno squalo che aveva appena pranzato con un bue avrebbe abboccato. Nel tempo trascorso per pianificare l'uccisione di ziu Salvatore, intuì le notevoli potenzialità economiche della zona, gran quantità di fabbriche e banche e una mentalità, in alcuni casi, non in sintonia con la società moderna ancora legata alla terra, anche se da coltivare ne restava poca. Così decise di stabilirsi a Correggio e, per redimersi dai peccati, aveva dato corso all'idea religiosa che aveva portato avanti con profitto fino a qualche giorno prima...

Centellina l'ultimo goccio di cognac e si scrolla di dosso i cattivi pensieri e il passato. Farà una bella dormita e poi, al risveglio, seguendo i soliti canali, più o meno leciti, comunicherà a chi di dovere che è tornato operativo. Dovrà pensare anche alla nuova tariffa, ma questa dipenderà molto dagli obiettivi.

***

Grazioso si rigira tra le mani un vasetto di colore, lo alza verso la finestra in modo da poter scrutare l'interno in controluce, legge l'etichetta, sbuffa e prende in mano l'altro barattolo prestandogli la medesima attenzione. Un leggero bussare non lo distoglie dalla contemplazione.

«Avanti» - dice mentre prende in mano il pennello e saggia con l'indice la consistenza delle setole -.

Renzi entra con un plico di fogli, si siede senza chiedere il permesso e scruta accigliato il Maresciallo. Solo dopo qualche secondo Grazioso si accorge della presenza dell'Appuntato e in un battibaleno tutta la cianfrusaglia scivola nel cassetto della scrivania. Appoggiandosi comodamente allo schienale della poltrona, sposta l'attenzione al nuovo venuto.

«Renzi, mi dica». - L'Appuntato rimira i fogli, li soppesa, li sfoglia, inforca gli occhiali e un potentissimo urlo lo fa sobbalzare dalla sedia -. «Renziiiii, io tra qualche anno vorrei andare in pensione, nel frattempo mi piacerebbe risolvere questo caso o almeno provarci. Ha qualche notizia interessante?»

«Ad un primo esame il Franzosi ha sbattuto la testa sullo spigolo della tavola e non è morto subito. Il medico pensa che siano trascorsi tra i cinque e dieci minuti tra il gesto delittuoso e la morte. Parlo di delitto, perché la vittima aveva delle abrasioni sulle braccia e la camicia strappata ed è anche presumibile che abbia avuto la forza di scrivere quelle parole sui fogli».

L'Appuntato si ammutolisce e rivolge lo sguardo verso la finestra.

Con tono impaziente Grazioso gracchia: «E quei fogli hanno un collegamento con il nostro caso?»

«Queste sono le fotocopie dei fogli che erano sul pavimento della scena del delitto, parlano della produzione di uva nella zona di Correggio e Carpi, dell'estensione delle vigne, della resa e dei loro proprietari;

21

inoltre c'erano alcuni articoli di giornale tutti inerenti gli OGM e un'intervista scaricata da internet fatta ad un certo Vandana Shiva... se non fosse per l'argomento trattato, avrei pensato che fosse il nuovo giocatore straniero dell'Inter».

E con espressione perplessa posa il pacco di fogli sulla scrivania. Un sorriso affiora sul magro viso di Grazioso che, contemporaneamente, sfila da un cassetto un libro dove sulla copertina spiccano in caratteri rosso fuoco tre lettere: "OGM" e una spiga di grano e delle provette.

«Tenga, Renzi» - e mentre glielo passa con fare sornione, continua -. «L'ho preso in prestito, la biblioteca di Correggio è ben fornita. Questo libro è il fratello gemello di quello che si trovava nell'appartamento della vittima e Vandana Shiva non è un calciatore, bensì un'attivista donna che cerca di difendere i contadini della sua nazione, l'India, dallo strapotere delle multinazionali. Leggendolo si farà una cultura sul mondo oscuro della ricerca genetica. Un parere, favorevole o contrario, dei politici dato a pratiche del tutto legali sulla carta, genera ingenti movimenti di denaro che vanno a toccare la vita di milioni persone non sempre, però, la loro esistenza migliora». - Con fare accademico picchietta la mano sulla scrivania -. «Questa sera avrà qualche cosa da leggere. Dovremo approfondire questo argomento, potrebbe essere un movente. Nient'altro d'importante?»

Renzi, con la bocca aperta dallo stupore, resta incantato per alcuni attimi poi con fare entusiasta: «Lei è un mago, sapeva in anticipo il contenuto dei fogli, lei... Lei...»

Grazioso lo stoppa con un gesto della mano: «Pura fortuna o coincidenza, ma il Franzosi come passava il tempo libero? Aveva degli amici?»

L'Appuntato prende dalla tasca dei pantaloni un blocchetto e legge alcuni appunti: «Aveva alcuni amici che frequentava regolarmente, tutti della sua generazione. Si trovavano alla Vicentini e all'Olimpia, due bocciofile della città, la seconda è anche un ristorante pizzeria».

«Sì, lo conosco». - Grazioso interrompe momentaneamente il giovane -. «Una bella esperienza la disfida dei cappelletti». - Al ricordo gli occhi s'illuminano ed aumenta la salivazione -. «Continui, Renzi, non era mia intenzione interromperla».

«Nessun problema» - riparte Renzi accigliato -. «Cosa faccio, li convoco per sentire se hanno qualcosa da dire?»

Il Maresciallo si alza e si dirige verso la finestra perso nei propri pensieri, lontano dalla Correggio odierna.

«Vede, Renzi, alla fine degli anni Settanta qui c'era solamente campagna, la vita scorreva tranquilla e pensavamo, nella nostra giovane ignoranza, che il mondo fosse tutto qui, non ci mancava nulla. Pensavamo che oltre le vigne ci fossero terre inospitali da conquistare. L'ignoranza della gioventù ti fa sentire meglio, anzi più vivo».

Grazioso, con il palmo della mano, si colpisce la fronte per scrollarsi di dosso il passato e ritornare al presente.

«Da qualche parte dobbiamo iniziare. Mi lasci l'elenco sulla scrivania, spero che leggendo i nomi mi si accenda una lampadina. Cercherò di farmi un'idea sulle persone che avremo di fronte e poi le comunicherò la sequenza delle convocazioni. C'è altro?»

Renzi, con gli occhi sbarrati dallo stupore, cerca di proferire parola, ma Grazioso allungando il collo per scrutare meglio il libricino lo anticipa: «Avevo già intravisto che sul suo taccuino c'erano scritte troppe parole rispetto alla miseria di informazioni che mi ha dato». - E con un sorriso da marpione allunga la mano -. «Per forza ci devono essere anche tutti i dati salienti della vita dei nostri amici. Vero?»

L'Appuntato, sempre più stupito, si alza senza salutare e apre la porta per uscire quando, a metà dello stipite, viene richiamato: «Renzi, i banchetti che c'erano ieri sotto i portici quando ritorneranno?»

«In questo periodo ci sono tutti i giorni» - risponde sorpreso -.

«Bene, bene. Farò un giro questa mattina. Può andare».

Il silenzio, allungando sinuosi tentacoli, prende possesso dell'ufficio, mentre Grazioso perso nei propri pensieri prende dalla tasca dei pantaloni di velluto blu un rotolino di carta, srotola lo spago e legge assorto il contenuto.

4

Il tavolino vestito a festa è ricoperto di pietre proteiformi variamente colorate. Capelli corvini e lunghi, che incorniciano un viso ovale acqua e sapone, si adagiano sulle esili spalle leggermente incassate che la ragazza ha coperto con una mantella di lana. Si strofina le dita ghermite dal freddo pungente e ritmicamente batte gli stivali l'uno contro l'altro, al fine di aiutare la circolazione del sangue che dovrebbe portare un tiepido calore agli arti inferiori. La gente passa lanciando occhiate indifferenti senza fermarsi, ma, stoicamente, la ragazza resta seduta dietro il tavolo.

Grazioso si ferma al tavolino precedente e ne scruta l'esposizione senza interesse. Prende in mano un oggetto tutto arrugginito, ma come un gatto sornione guarda la donna tra i fori dell'oggetto ferroso che il venditore ha la sfrontatezza di definire "d'antiquariato". Da tale rudimentale periscopio vede fermarsi un ragazzotto con la cresta che fa bella mostra su un cranio rasato a zero, l'orecchio destro metallizzato da un'infinità di piercing, mentre una catena pende dai pantaloni che spazzolano la segatura sparsa sul pavimento. La ragazza si alza e un largo sorriso appare sul suo volto, immediatamente ricambiato dal nuovo venuto. Si stringono calorosamente la mano e cominciano una fitta confabulazione. Un moto di gelosia avvinghia inaspettatamente Grazioso che rimane scosso da tale sentimento verso una sconosciuta, fino a quando il suo sguardo incontra...

Un azzurro che lo avvolge, che lo ammalia, che non lo fa respirare, mentre il cuore ormai è stato preso in ostaggio: rapito...

Vede vorticare i tavolini, le candele profumate, gli addobbi natalizi e le persone che passeggiano. Un tonfo sordo e l'oggetto che aveva in mano rotola tra i piedi del venditore. Grazioso si aggrappa con le due mani al ripiano del tavolo, il grassoccio venditore gli va incontro e tra i pochi denti gli alita un misto di aglio e cipolla.

«Si sente male? Ha bisogno di aiuto?»

La zaffata che lo investe lo fa rinvenire e una smorfia increspa il viso del Maresciallo che si rivolge scortesemente al suo salvatore: «Ma lei ha mangiato una cassetta di cipolla avariata? Si vada a lavare che ha a che fare con degli esseri umani».

E velocemente si avvia verso la fine dei portici lasciando senza parole il malcapitato. Con passo sostenuto, per quanto lo permetta il fondo sdrucciolevole, il Maresciallo raggiunge i vicini giardini e, incurante del freddo pungente, si siede su una panchina metallica e si deterge con un fazzoletto la fronte e chiude gli occhi. Una solitaria lacrima scende lungo gli zigomi affilati e scompare nel nevischio sottostante creando un minicratere. Toglie dalla tasca del cappotto l'elenco fatto da Renzi, ma gli occhi non leggono perché la mente è tornata alle origini di tutto, agli inizi degli anni Ottanta, la storia d'amore.

...Ubriacati dalla natura, scendono a piedi lungo un fianco della montagna e si adagiano su un letto di foglie. Marco le accarezza i capelli...

...La malattia...

...E scostandoli nota alcune chiazze rossastre dietro l'orecchio e sul collo: «Avevi già notato questi arrossamenti?»

...La naia...

...«Allievo Grazioso Marco, due lettere per lei. Una presumo dei genitori, l'altra forse le interessa di più».

...Lo sconforto...

...l'infezione ha raggiunto il cervello e non le ha dato scampo troncando il loro futuro.

La decisione di continuare la carriera militare, scappare da Correggio e gettare nel cestino tutto il passato. Una decisione giusta e saggia.

Un colpo di vento dondola i rami degli alberi e una leggera spruzzata di neve imbianca Grazioso che si riscuote dal torpore.

Solo i ragazzini sognano ad occhi aperti, non ho tempo da dedicare a desideri da adolescente, devo concentrarmi sul nuovo caso è il freddo ritorno al presente, l'unico antidoto a un'idea di vita spezzata in un freddo autunno di tanti anni prima. Focalizza le parole scritte da Renzi sul blocco. Una grafia spigolosa ha dato vita all'elenco delle persone che la vittima frequentava abitualmente:

- *Noce Mentore, pensionato ex maestro di scuola elementare, vedovo, Viale Saltini, Correggio.*

- *Piazzi Fernando, pensionato ex impiegato di banca, celibe, Viale Cottafavi, Correggio.*

- *Villa Santino*, pensionato, ex bracciante agricolo, sposato, Via Imbreto, Correggio.*

- *Conca Artemio, pensionato, ex camionista, divorziato, attualmente ospite della casa protetta Villa Gilocchi.*

- *Gaeta Umberto.*

Poi, sotto l'elenco, dei numeri di telefono di casa, cellulari, parenti prossimi in vita e residenti in zona, ma nessun riferimento all'asterisco posto di fianco al Villa e nessun dato su Gaeta. Con un gesto di stizza ripiega alla meno peggio il foglio.

«E l'asterisco cosa vuol dire?» - Borbotta alzandosi -. «Renzi pensa che sia un indovino o il mago Otelma dell'Arma? Questi giovani sono sempre superficiali nelle loro cose».

Insacca le mani nel cappotto e, indispettito dalla mancata precisione del collaboratore, si dirige verso la caserma.

5

«Renziiii!»

Un tuono scuote il corridoio della Caserma. Grazioso, con il cappotto in mano, si dirige velocemente verso il proprio ufficio -. «Renziii, dove sei? Subito nel mio ufficio, a rapporto. E quando dico subito vuol dire ora, adesso, immediatamente!»

La testa dell'Appuntato fa capolino dalla porta della cucina e, con un'espressione confusa dipinta sul volto, segue a ruota il Maresciallo. Dall'alto del suo metro e ottanta sovrasta di un buon quindici centimetri il superiore, ma in quel momento sembra minuto, quasi si nasconde dietro la magra figura del Maresciallo.

Gettato il cappotto su una poltrona, Grazioso si siede e con sguardo torvo osserva l'Appuntato, prendendo dalla tasca un foglietto tutto spiegazzato.

«Mi vuole spiegare che cosa significa questo asterisco e perché su Gaeta non ci sono dati anagrafici?»

Il viso del Carabiniere prende colore e un leggero sospiro esce dalla sua bocca, come per dire: tutto qua? Innalzandosi al suo metro e ottanta naturale, prende un blocchetto per appunti e legge a memoria perché non inforca gli occhiali.

«Considerato che Villa era un bracciante agricolo, ho pensato che fosse la persona giusta per cominciare gli interrogatori, visto il contenuto dei fogli trovati sul luogo del delitto. Ho messo l'asterisco per ricordarmi del legame e sarà qui in Caserma oggi pomeriggio alle tre. Per quanto concerne il Gaeta, non è sull'elenco telefonico, non è alloggiato in nessun albergo o casa di ricovero della zona e non risulta neanche all'anagrafe di Correggio, probabilmente sarà ospite saltuario presso qualche famiglia della zona. Sono in attesa di notizie dalla centrale operativa, appena avrò aggiornamenti sul suo stato attuale o se pende qualche precedente penale sulla sua testa, glielo comunicherò».

Soddisfatto del proprio operato, Renzi si rimette in tasca il blocchetto e con il sorriso che allunga la sottile linea dei baffi, resta in attesa di ordini.

«Lei, Renzi» - attacca un bonario Maresciallo - «si salva sempre in calcio d'angolo, è sempre sul filo del rasoio, poi con la sua efficienza rimette le cose a posto. Non potrebbe semplificare la mia vita mettendo le cose in chiaro fin da subito?»

Il ragazzo fa una smorfia, ma non risponde subito. Dovrebbe spiegargli che è la sua natura: gli piace tenere in serbo notizie fresche, stupire i superiori. Anche a scuola arrivava solo alla sufficienza,

29

ma poteva ambire al sette senza fatica, così per gusto personale, ma si tiene per sé queste sottigliezze.

«Cercherò di migliorare. Ha bisogno di altro?»

«Notizie sull'incendio?» - butta lì la domanda come se fosse caduta dal cielo -.

Impassibile, Renzi prende dalla tasca interna della giacca un altro foglietto.

«Il rapporto dei pompieri parla chiaro: incendio doloso e studiato nei minimi particolari con il fine di non lasciare in piedi nulla. L'incendio è partito in modo simultaneo da cinque o sei punti differenti che poi si sono uniti nella zona centrale dell'edificio. Si sono salvati un paio di muri portanti. Il tutto è stato pianificato con una precisione quasi chirurgica, sicuramente opera di un professionista. Ancora non sono giunti i referti delle autopsie e del contenuto della cassetta di sicurezza» - risponde con il pilota automatico il Carabiniere -. «Altro?»

Grazioso si dondola sulla poltrona facendo perno con la gamba sinistra, pensa un attimo, quindi scuotendo la testa: «No, per il momento non ho più bisogno, può andare». - Poi si batte la fronte come se gli fosse venuta in mente una cosa che, però, aveva già ben presente in testa -. «Si può avere l'elenco degli espositori che ci sono sotto i portici e sapere qual è il loro hobby?»

«Riguarda il caso che stiamo seguendo? Ha fiutato una pista?» - domanda prontamente Renzi -.

«Renzi suvvia, non sono un cane da tartufo, mi baso solo sui fatti e nient'altro». - Con una smorfia cerca di coprire la bugia appena detta -. «Una mia curiosità personale».

«Mi rivolgerò alla Pro Loco, sicuramente sono loro che hanno in gestione la cosa. In giornata avrà l'elenco sulla scrivania».

E senza aspettare altro il giovane Carabiniere esce dall'ufficio.

Il cappello di paglia subisce le nervose angherie di un uomo sull'ottantina. Le spalle insaccate nel collo ballano nella giacca di tela blu che ha visto tempi migliori. Una bombola d'ossigeno pende lungo il fianco. I piccoli occhi sono due buchi verdi che spiccano sul viso increspato dalle rughe e dalla pelle marrone, ricordi dalla troppa esposizione al sole. L'uomo è indeciso sul da farsi, se entrare oppure aspettare quando Grazioso, alzando lo sguardo da alcune carte, incontra la sua espressione spaesata.

«Prego, si accomodi». - E alzandosi a sua volta esce dall'ufficio e lancia un altisonante urlo -.

«Renziii, dov'è finita la sana abitudine di accompagnare e presentare le persone in visita?»

L'Appuntato, arrivato trafelato con un bicchiere d'acqua in mano, cerca di giustificarsi: «Il Villa mi ha chiesto da bere e gli ho detto di aspettare seduto in corridoio, si vede che gli è passata la sete».

«Renzi!» - Borbotta un accigliato Maresciallo -. «Che non succeda mai più una cosa del genere, non voglio civili che gironzolano per la Caserma. Venga dentro a trascrivere la deposizione».

«Agli ordini, Signor Maresciallo».

I due Carabinieri entrano nella stanza e, mentre Renzi allunga il bicchiere all'uomo che è ancora in piedi, Grazioso si siede sulla poltrona e con un gesto della mano si rivolge al nuovo venuto: «Prego si accomodi, ci scusi per il disguido».

Un sempre più imbarazzato Villa, con una voce sommessa, si giustifica: «È tutta colpa mia. Alla mia età è facile perdere il senso dell'orientamento in un posto nuovo ed essere convocato in caserma mi fa un certo effetto». - Poi, scuotendo il cappello in aria come se volesse salutare un conoscente, continua -. «Per carità, non perché devo nascondere qualcosa, ma a volte, per un niente si viene accusati di chissà quale delitto».

Un attento Grazioso domanda al nuovo venuto: «Guardi che nessuno l'accusa, è stato convocato solo perché conoscente del Michele Franzosi e vorremmo qualche notizia in merito».

Rimettendo il cappello sulle ginocchia, Santino continua nella sua personale battaglia iniziata tanti anni prima: «Anche le camicie nere ti convocavano per niente e poi i litri di olio di ricino che ho bevuto lo so solo io... Più la polizia è lontana, meglio è».

«Guardi che intanto noi siamo Carabinieri» - continua nervosamente Grazioso -. «Non ci permetteremmo mai di accusare un individuo senza prove e...»

Il cappello volteggia nell'aria come un avvoltoio alla ricerca della carcassa da spolpare e un battagliero Villa prende coraggio: «Come la mettiamo con il pestaggio alla Diaz, a Genova? Non hanno chiesto il permesso per entrare e, sicuramente, all'interno non hanno preso tè e biscotti, e...»

Adesso è Grazioso che s'irrigidisce sulle proprie posizioni: «Non è il momento di fare processi a dritta e a manca e di fare delle inutili polemiche, non è che lei ha iniziato questo discorso per svicolare dalle domande?»

«Macché svicolare». - Il cappello è tornato buono buono sulle ginocchia -. «La Polizia non mi è mai piaciuta, come quella volata nel '46 quando volevamo più diritti nel lavoro agricolo e, guarda caso, le terre erano finite in mano agli ex fascisti che tutto ad un tratto erano diventati democratici. Chi ci dava bastonate sulla testa? Lei lo sa? No, è troppo giovane, beh glielo dico io: la Polizia di Scelba. O come nel '48, stavamo lottando per i nostri diritti stabiliti dal lodo De Gasperi, eravamo a San Martino in Rio, e il povero Sante Mussini venne investito da una autoblindo della celere, e poi...»

Un infervorato Grazioso si alza di scatto dalla poltrona e con voce dura interrompe il fiume in piena: «Signor Villa, siamo nel ventunesimo secolo, lei non può paragonare la sua gioventù con i giorni nostri, non l'ho fatta chiamare per fare un processo alla storia dell'Italia ma, molto semplicemente, è qui solo perché ho bisogno di informazioni su Franzosi Michele! È disposto a rispondere?»

Villa guarda accigliato il cappello, si mordicchia l'unghia del pollice e dice: «Mi deve scusare, ma è il ricordo di tutte le bastonate che ho ricevuto in questi ottantacinque anni di vita che mi rende diffidente. Le potrei indicare, bastonata per bastonata, i segni che hanno lasciato sul mio corpo e quando vedo una divisa mi si annebbia la ragione. Posso fumare?»

«No, in Caserma non si può, comunque chiuso il disguido. Da quanto conosceva il Franzosi? Sapeva se aveva qualche nemico?»

Villa gioca con la manopola della bombola d'ossigeno e cerca nella mente le giuste risposte.

«Era con me a San Martino nel '48, io sono arrivato a Correggio alla fine del '45 e da allora ci siamo sempre frequentati... e di nemici vivi direi che non ce ne sono più».

«Lei ha combattuto nella Resistenza?» - Continua un pacato Maresciallo -.

«Non ne ho avuto la possibilità, avevo cinque fratelli più piccoli da crescere, non mi potevo permettere di giocare alla guerra; mio padre non è mai tornato dalla Russia, mia madre è stata stroncata dal crepacuore».

«Il Franzosi, anche se in pensione, aveva degli interessi?»

«Si è sempre battuto per il lavoro dei contadini anche se negli ultimi anni a Correggio la terra è buona sola per costruire case. È sempre stato per la coltivazione tradizionale. Ecco, se si può dire che ci sia un nemico, sicuramente gli OGM non lo facevano dormire».

«Lo ha visto preoccupato ultimamente? Qualche diverbio con qualcuno?»

«Le solite cose, nulla d'importante».

«Le dice qualcosa "verde rame" o "soda caustica"?»

«Il verde rame serve per impedire che la vite si ammali, mentre la soda caustica è usata per la pulizia delle cisterne che hanno residui di tartaro. Lo so perché ho lavorato in cantina». - Un lampo passa velocemente nei verdi occhi di Villa -. «È una cosa inerente all'omicidio di Michele?»

«No, è una mia curiosità» - continua un disincantato Grazioso -. «Ho letto alcune pagine nell'appartamento della vittima, ma nulla di particolare. Ah, un'ultima domanda: oltre a lei, frequentava altre persone?»

Villa sorride al pensiero: «Sì, siamo ancora un bel gruppo, Mentore, Fernando, Artemio, Umberto e Michele... No, Michele non più». - Scuote la testa -. «Ci troviamo tutti i giorni in bocciofila quando non c'è di meglio in giro, come l'altro giorno quando c'è stata la sparatoria. Tanta gente e anche persone non del luogo...» - Un attimo di tentennamento poi continua -. «Si sono fermate a godere dello spettacolo. Ci siamo proprio divertiti, vero Maresciallo?»

«Non vorrà ricominciare, spero».

«Non si preoccupi, per il momento mi è passata. Posso andare?»

È Renzi che interviene: «Quando ha detto Umberto, intende Gaeta Umberto?»

«Sì, perché? Cos'ha fatto?»

«Niente» - si affretta a rispondere intimorito l'Appuntato - «Non siamo riusciti a trovare nessun recapito. A proposito, sa dove vive?»

«A casa mia, e dove sennò, visto che è solo e ha problemi di testa» - spiega indicandosi la tempia con un gesto nervoso dell'indice -.

«Ma non dovrebbe comunicarlo in Municipio che ha una persona che vive presso di lei?»

«*Tùt caghèdi*[5]. Siamo in Europa dove si può circolare liberamente, pertanto Umberto può andare dove gli pare senza avvertire nessuno».

E il cappello ricomincia a volteggiare in aria come per dare manforte al proprio padrone; al che interviene Grazioso spostando la conversazione in modo tale da frenare l'eventuale nuova discussione.

«Lei, Signor Villa, quella bombola d'ossigeno non la usa?»

«È il mio dottore che non capisce un tubo di medicina, la laurea l'avrà comprata da qualche parte in un mercatino d'antiquariato. Secondo lei io sono uno che ha bisogno d'ossigeno?» - E senza aspettare risposta esce dalla stanza -. «La strada la conosco, state pure comodi. A presto».

---

[5] Tutte stronzate

6

Il pomeriggio invernale trascorre noiosamente nella sua routine. I lampioni accesi cercano di rincuorare i pochi e infreddoliti pedoni che cercano di raggiungere il caldo abbraccio delle mura domestiche. Un ciclista, irriconoscibile dalla bardatura, sfreccia sul nevischio zigzagando tra la colonna ferma di fumanti automobili. Grazioso scosta la tenda, vede arrivare l'Appuntato e, con un cenno della mano, lo saluta e poi rivolge lo sguardo verso il cielo grigio. È un colore talmente freddo che vien voglia di spegnere il crepuscolo e accendere la notte, una notte ovattata nella sua invernale tranquillità. Non ricorda gli inverni siciliani perché emigrato in tenera età quando il problema più grande era quello d'imparare le prime lettere dell'alfabeto, solo i racconti dei genitori, più del padre che della mamma, poiché morì troppo presto. La cosa che più gli è rimasta impressa era lo stupore, sempre raccontato con enfasi, di suo padre per la prima volta che vide la nebbia e poi ancora quel freddo umido che neanche un buon capo invernale ti può portare conforto.

Un giorno si dovrà decidere a fare visita alla sua terra d'origine anche se le radici si sono inaridite. Non prova nostalgia perché non sa che cosa ha perso. Ecco, visitarla come turista come se fosse la prima volta potrebbe essere un'idea, anzi, sarebbe la prima volta che la vedrebbe con gli occhi di un adulto.

Un leggero bussare lo riporta al freddo presente, lascia la tenda che ritorna alla sua posizione naturale e, mentre si siede, acconsente l'entrata con un pacato e sussurrato: «Avanti».

L'Appuntato entra portando con sé il freddo che lo ha avvolto nelle ultime ore e consegna una busta al superiore.

«Ci ho messo tanto perché, anche se il centro è vuoto e non c'è un'anima in giro, trovare un parcheggio in questa città è sempre complicato. Dentro c'è l'elenco degli espositori che mi hanno dato in Pro Loco e ho evidenziato non più di quattro nomi, quelli che le potrebbero interessare».

Un velo di stupore passa velocemente sul viso di Grazioso che rimane a bocca aperta.

«Ho fatto due più due» - spiega Renzi -. «Ho visto i vasetti di colore, il pennello e so che è alla ricerca di un forno, pertanto è evidente anche ad un neonato che cosa sta cercando».

«E secondo lei cosa sto cercando e come fa a sapere del forno?»

«Che lei sia alla ricerca di un forno è sulla bocca di tutti i correggesi. Ha fatto troppe domande in giro e anche in modo sgarbato. Il paese è piccolo, le voci corrono velocemente e poi c'è chi, come sempre, s'inventa le cose e le ingrandisce, ma è assodato il fatto che ha bisogno di un forno. Poi cosa ci debba fare, questi sono affari suoi, mi fermo alle cose evidenti e che hanno un fondamento».

«E bravo Renzi, spero che tanta perspicacia la userà anche nello svolgere le sue funzioni».

«Ogni giorno imparo cose nuove». - L'Appuntato non cade nella provocazione -. «Come ha pensato di continuare le indagini?»

«Prima di convocare gli altri amici del Franzosi, vorrei fare una visita del tutto informale alla bocciofila dove si trovano. Mi cerchi le loro foto e possibilmente s'informi sui giorni dei loro ritrovi. Per il momento può andare».

«Agli ordini, Signor Maresciallo».

Grazioso prende dal cassetto della scrivania il rotolino di carta, snoda lo spago e rilegge per l'ennesima volta lo scritto. Lo potrebbe ripetere tranquillamente a memoria, è sempre stato bravo a memorizzare le parole e a sviluppare ragionamenti, un po' meno a far di conto, ecco forse perché ha fatto il Carabiniere, o forse era la via più veloce per scappare da Correggio, un paese che a quel tempo lo faceva stare male, troppi legami con l'amore spezzato. Il suo interesse non è verso la ceramica Raku che ha come caratteristica intrinseca il fatto che ogni oggetto è diverso dall'altro, quello che lui cerca è la perfezione che deve raggiungere per dare vita alla sua idea e per svilupparla gli occorre un forno. Forno che viene utilizzato per cuocere le ceramiche Raku.

Non vuole più aspettare perché il ricordo è tornato vivo come se potesse toccarlo, accarezzarlo, baciarlo. Non scorre l'elenco che gli ha consegnato Renzi, legge solo i nomi evidenziati ed ecco la persona che cerca...

Enrica dolcemente alza lo sguardo e saluta il suo arrivo con un amorevole sorriso: «Scusami, oggi mi sento molto debole».

Ecco il motivo dell'attacco di gelosia di questa mattina. La donna delle ceramiche Raku gli ricorda Enrica: il sorriso, i capelli arrotolati nell'indice della mano, lo stesso taglio della bocca, lo stesso splendore, la stessa voglia di baciarla. Peccato che non ha potuto incrociarne lo sguardo, guardare i suoi occhi e provare le stesse sensazioni di allora. Legge il numero di cellulare, prende in mano la cornetta del telefono, poi ripensandoci la ripone. Assurdo pensare di telefonare ad una perfetta sconosciuta esordendo con un: "Salve, sono il Maresciallo Grazioso, sa che lei mi ricorda l'unico vero amore della mia vita? Posso usare il suo forno?" Un velo di tristezza cala sul suo viso, e con un gesto di rassegnazione getta nel cestino il rotolino di carta e la lista degli espositori.

7

La mattina non riserva nulla di nuovo rispetto alle giornate precedenti. Forse, però, c'è qualcosa di diverso; la città è ancora più sonnolenta, più accartocciata su se stessa, alla ricerca spasmodica di un poco di calore. La vettura procede lentamente lungo viale Vittorio Veneto, attenta a non scivolare sui lastroni di ghiaccio. Al semaforo svolta a sinistra e poi subito a destra in via Conciapelli, lasciandosi alle spalle il Torrione, un palazzone stile liberty dove tanta e inutile maestosità venne concepita come essiccatoio di bozzoli e distilleria, oggi semplice alloggio per famiglie. I due occupanti della vettura sono alla ricerca di un parcheggio, ma tutti i posti sono occupati da automobili o cumuli di neve.

«Renzi, si fermi qui, scendo e raggiungerò la bocciofila a piedi, lei può rientrare in Caserma, non aspetti una mia chiamata, rientrerò tranquillamente facendo una passeggiata che mi aiuterà a schiarirmi le idee».

«Agli ordini Signor Maresciallo».

Grazioso apre la portiera ed esce dalla macchina. Il saluto viene spezzato dal botto sordo della portiera sbattuta violentemente. Il Maresciallo attraversa viale Vittorio Veneto, prende per un vialetto delimitato da una siepe imbiancata da dove spunta una solitaria e melanconica statua raffigurante un giocatore di bocce nell'atto di un gesto tecnico. Entra nel buio edificio, una zaffata di "fritto" lo accoglie solleticandogli le narici e nota, nella fila di tavolini alla sua sinistra, due ragazzi che divorano allegramente una specie di panino imbottito, ma capisce che non è pane. Poi nota, sulla destra, il bancone del bar dove una sonnecchiante signora è seduta su uno sgabello. Alzando leggermente le palpebre, guarda il nuovo arrivato, ma non lo degna che di un'insipida occhiata.

Grazioso, che si trova a proprio agio quando regna l'indifferenza tra gli esseri umani, prosegue verso la sala dove sono seduti alcuni anziani avventori che stanno giocando a carte, altri in piedi guardano lo svolgimento della partita. Sulla destra, in fondo alla lunga sala, alcuni tavoli da biliardo, una porta a vetri che aprendola condurrebbe a deserti e bui campi da bocce. Si guarda intorno e scorge le sue prede, verso le quali si dirige nel più totale disinteresse dei presenti, solo qualche apatica occhiata lo accompagna. Come se fosse avvezzo al luogo, si affianca ad Artemio, facilmente identificabile dalla sedia a rotelle e, fingendo d'interessarsi allo svolgimento della partita, si concentra sulle conversazioni.

«Hai sentito che è andato in pensione il Gigio?»

«E cosa c'è di strano?» - Ribatte l'uomo con la bombola d'ossigeno e rivolgendosi al proprio compagno di gioco -. «Dammi un carico, che questa mano la prendo io!»

«Cosa c'è di strano?» - Chiede buttando la propria carta sul tavolo -. «È andato in pensione con la qualifica da dirigente e non ha mai fatto un giorno in ufficio. Anzi, sa scrivere a malapena il proprio nome visto che ha fatto solo la prima elementare e poi ha sempre lavorato in campagna come bracciante».

«Mi pare sensato. Dopo sessant'anni trascorsi nei campi è il giusto premio».

«E io cosa devo dire che dopo vent'anni d'insegnamento prendo una miseria di pensione?» - Lamenta prendendo in mano il mazzo di carte che comincia a mescolare con sapienti gesti -.

«Ecco che parla la vittima». - Artemio prende da una borsa attaccata alla carrozzina una bottiglia e beve un sorso d'acqua -. «Non sarà un lavoro insegnare alle elementari. Dopo vent'anni di nulla sei andato in pensione a cinquant'anni, secondo te questo non è rubare?»

«E io con i due milioni di chilometri che si sono posati sulla mia schiena e prendo meno di te, cosa dovrei dire?»

Questo dovrebbe essere Conca Artemio, pensa un falso indifferente Maresciallo.

«Pensate sempre ai soldi». - A parlare è il quarto giocatore che calando una briscola si prende tutte le altre carte sparse sul tavolo -.

«Ecco un altro che ha sudato nella vita. Tredicesima, quattordicesima, quindicesima, senza pensare a quello che ha intascato sottobanco, grazie a operazioni legali, ma sempre a sfavore del cliente». - Getta con forza una carta sul tavolo -. «Prova a prendere questa volta, se ci riesci» - chiude il discorso con una sonora e catarrosa risata -.

«*The ghe propria un bel cul*[6]». - È il responso finale di Mentore che, però, non molla la preda -. «Adesso che hanno mandato Erio Farri a controllare quello che combinate voi contadini, tra una bottiglia di lambrusco e un raccolto di barbabietole, chissà cosa spunterà».

«*L'a sughè la Pastorino?*» - Chiede Gaeta Umberto, con i primi evidenti segnali di Alzheimer, fino a quel momento zitto -.

Mentore si alza dal tavolo, prende le maniglie della carrozzina di Artemio e spiega: «Ezio Fari, lo conosceva il povero Acquasanta,

---

[6] Hai proprio fortuna

ricordi della fine della guerra, ma non ne ha mai voluto parlare e adesso, con la fine che ha fatto...»

La poca ilarità che avvolgeva il tavolo si è dissolta nel nulla e tutti si alzano lasciando le carte sparpagliate sul tavolo.

Grazioso capisce che è il momento di togliere il disturbo e si avvia verso l'uscita. Riattraversa via Conciapelli e raggiunge via Borgovecchio, collegate insieme da un portico; poi percorre la Galleria Politeama dove negli anni '70 si poteva andare al cinema: pellicole di prima, poi di seconda visione e, all'occorrenza, qualche porno non stonava per rimpinguare il cassetto e con la cassiera giusta si entrava anche se si era minorenni. Sbuca sotto i portici di corso Mazzini, gira a sinistra e la vede. Lei guarda dalla parte opposta, ma ne immagina il sorriso e già pregusta la visione degli occhi azzurri. Si ferma al banchetto e guarda gli oggetti che fanno bella mostra sulla tovaglia natalizia, la donna si accorge del nuovo cliente e allunga un rotolino di carta. Grazioso gentilmente rifiuta con un gesto della mano e decide di guardarla negli occhi, neri come la notte, rimanendone sconcertato e deluso.

Me li sono solo immaginati? Che cosa mi succede?

Poi, rinvenendo: «Me lo ha già dato» si affretta a spiegare il gesto del rifiuto, «sono rimasto incuriosito dal fatto che ogni pezzo è unico e passando per caso mi sono deciso a fermarmi per guardarli meglio».

«Sì, in effetti ogni pezzo ha le sue forme e colori, giusto l'opposto del mondo che ci siamo costruiti, dove tutto si cerca di rendere standardizzato».

Prende in mano un medaglione e lo alza cercando di riflettere la debole luce artificiale che c'è sotto i portici. La voce della donna risulta armoniosa sulle prime poi, un lieve ed impercettibile difetto, quando pronuncia le R e le S, frantuma la speranza che gli era germogliata in testa: aver trovato la sua Beatrice[7].

Come si può essere così ingenui come un ragazzino di primo pelo?

La donna continua con mnemonica sapienza la sua spiegazione: «Una volta che i pezzi vengono tolti dal forno, si devono immergere in recipienti metallici pieni di segatura. In questo modo si abbassa drasticamente la temperatura».

Si rigira una ciocca tra le dita, lo fa sempre quando la concentrazione è al massimo...

E contempla il tic di Enrica: il costante arrotolamento di una ciocca di capelli nel dito indice sinistro che compare quando si trova assorta nella lettura di un passaggio importante.

---

[7] Beatrice Portinari, la donna amata da Dante Alighieri

Intanto la donna prosegue: «E grazie ad una reazione chimica, i pezzi prendono diversi riflessi e colorazioni poi vengono ricoperti di acqua per fermare la riduzione. Ecco perché ogni articolo è unico» conclude fabbricando un sorriso cinematografico.

Grazioso non ha seguito le ultime battute, il ritmato movimento della ciocca dei capelli ha avuto su di lui un potere ipnotico e perso nelle tenebre dei ricordi, automaticamente allunga dieci euro alla venditrice, prende un medaglione e s'incammina sotto il portico strisciando i piedi sulla segatura come uno zombie qualsiasi. La donna, sorpresa, cerca di richiamarlo.

«Scusi, le faccio un pacchetto? Le devo rendere un euro».

Ma le parole superano il Maresciallo senza essere captate e appesantite dall'umidità si adagiano sulla neve.

8

Grazioso sta facendo colazione e guarda stranito il ciondolo che alla luce artificiale irradia tiepidi luccichii.

Come posso essere stato così stupido a comprare un simile oggetto? pensa. *Questi colori mi mettono pure tristezza e per di più non so che tipo di forno possiede quella donna. Non ne conosco neanche il nome.*

Appoggia il ninnolo sulla tavola e si versa una tazza di tè.

«Deve fare un regalo, Signor Maresciallo? Allora c'è un cuore che palpita sotto quella divisa».

È la donna delle pulizie che interrompe i suoi pensieri. La signora si muove lentamente nel suo camice azzurro che a malapena cinge curve molto morbide. Il suo straccio svolazza velocemente sulla televisione spenta e con un sospiro si siede a capo tavola: «E io che pensavo che nelle sue vene scorresse solo dell'acido».

Grazioso alza gli occhi sul viso rubicondo della donna e cerca di giustificarsi: «Guardi che non devo fare nessun regalo, è stato un acquisto fatto in modo avventato e senza alcun fine e...»

La donna emette un grasso rantolo che dovrebbe essere una risata: «Alla Vanda non la si può raccontare, questa mattina dai suoi occhi spunta una luce dolce dolce e poi non l'ho mai visto così assorto nei sui pensieri. Lei è innamorato» - È la sentenza definitiva -.

«Guardi che si sbaglia di grosso, non è cambiato nulla in questi giorni» - ribatte un interdetto Maresciallo -.

La donna con un sospiro si alza dalla sedia, dà un colpetto di straccio su una sedia e prima di uscire dalla cucina lancia l'ultima stoccata. «Come "non è cambiato niente"?!» - Insiste scivolando mollemente lungo il corridoio, la voce stridula che rimbomba sui muri -. «Ha comperato un medaglione e ha gli occhi di un ragazzino... Questa non è una novità?»

Grazioso, indispettito, lascia a metà la colazione e si dirige verso l'ufficio. Una volta entrato appoggia la piccola ceramica su una pila di carta e si siede sulla poltrona.

Forse che la botta di gelosia dell'altro giorno sia una prova di quanto sentenziato dalla cicciona?

Scaccia il pensiero con un gesto della mano e comincia a firmare dei documenti, ma un leggero bussare interrompe il lavoro da scrivania.

«Avanti».

Renzi entra con dei fogli in mano e si siede di fronte al Maresciallo.

Prende in mano il ciondolo e non riesce a trattenere un lieve fischio: «Signor Maresciallo, deve fare un regalo?»

Grazioso dà una manata sul plico dei fogli che si sparpagliano sul pavimento, strappa dalle mani di Renzi il ciondolo e lo getta nel cestino della spazzatura.

«Renzi!» - Al confronto dell'urlo di Grazioso, il ringhio di una leonessa affamata assomiglia ad un richiamo per uccellini -. «Pensa di prendermi per il culo? Ha per caso incontrato la donna delle pulizie?»

Il ragazzo, sorpreso da tanta enfasi, cerca di tranquillizzare il capo: «Non credevo che...»

«Non m'importa che cosa crede! Se non ha qualche novità, può tranquillamente uscire dal mio ufficio!»

Silenzio. L'imbarazzo tra i due Carabinieri è evidente, poi Renzi prende coraggio e senza inutili pause aggiorna il Maresciallo: «Franzosi è morto dissanguato. Sicuramente ha opposto resistenza al suo assassino, perché la camicia è strappata in più punti. Ha battuto la testa sullo spigolo del tavolino, quindi, probabilmente non è un omicidio premeditato. Abbiamo controllato l'elenco delle chiamate fatte dal telefono fisso, non ha cellulare, almeno nessun numero è a suo nome. Poche telefonate e sempre agli stessi destinatari: gli amici di sempre e alla Coldiretti di Correggio dove era volontario e attivista. Nessuno ha visto oppure sentito strani rumori o movimenti e questo punto, direi che corrisponde alla verità».

Sempre torvo in volto, Grazioso controbatte aspramente: «E come fa ad essere così sicuro?»

«Come le ho già spiegato, nulla sfugge ai Correggesi. Lei vede una città sonnolenta e indifferente, ma sotto sotto è viva e si nutre di pettegolezzi e di sentito dire, a volte gonfiati, a volte veri. I processi alle persone e alle intenzioni si fanno al bar. In tutto il mondo si piange per la crisi, ma se fa caso, i bar correggesi sono sempre pieni, a volte c'è da aspettare per sedersi ai tavolini. Sono in questi tribunali pubblici che si decretano le sorti delle persone. Nessuno terrebbe per sé una notizia così, non la direbbe direttamente, questo no, ma con giri di parole o allusioni la notizia girerebbe sotto i portici e tra i caffè».

«Renzi». - Il tono di voce è meno ruvido, ma solo leggermente -. «Invece noi che non abbiamo né doti da rabdomanti o da prestigiatori, dobbiamo basarci su fatti e prove reali e non su velati discorsi da comari o perpetue. Se non ha altro può andare».

Il giovane Carabiniere, interdetto, si alza e chiede: «Nessun ordine, nessun interrogatorio?»

«Per il momento no... anzi, sì». - Pensa un attimo alla ricerca delle giuste parole -. «Quando sono entrato alla Vicentini, ho notato due ragazzi che con gusto mangiavano una specie di panino, ma sono sicuro che non era pane. La forma sembrava quadrata, soffice e... Nell'aria c'era un odore impregnante, ma allo stesso tempo invitante». - A stento trattiene l'acquolina che sta nascendo in bocca e riesce a formulare il quesito -. «Lei, Renzi, sa di che cosa si tratta?»

«Tutti gli indizi portano allo gnocco fritto».

«E cosa sarebbe questo gnocco... Gnocco fritto?» - Continua un sempre più goloso Maresciallo -.

«Una cosa semplicissima: un impasto composto da farina, sale, acqua, lievito che poi va fritto nello strutto, qualcuno lo frigge nell'olio, ma non è la stessa cosa» scaccia via, con un gesto di scherno, la parola *olio* dalla faccia della terra. «Poi, lo si può accompagnare con salumi, formaggi... Pinzimonio di chi vuole mantenere la linea».

«Deve essere molto gustoso».

«Importante è saperlo friggere, perché se rimane troppo unto diventa immangiabile e il colesterolo schizza». - E con un gesto del pugno dal basso verso l'alto simula la partenza di un missile -.

«E lei come fa ad essere così informato?»

«Padre modenese e madre bolognese. Da neonati, al posto di latte e biscotti, ci svezzano con lo gnocco fritto. A proposito di latte, nella ricetta bolognese, oltre al latte, nell'impasto ci mettono anche un cucchiaio di olio, ma è sempre buonissimo!»

«Un'ultima curiosità, a Correggio...» - Si mette l'indice sulle labbra, in posa da pensatore -. «Che stupido che sono. Lo si può assaggiare alla Vicentini».

«Maresciallo, non ha che l'imbarazzo della scelta, tutti in città lo sanno fare. Posso andare?»

«Sì, vada, devo pensare... Sia ben chiaro, non allo gnocco fritto, ma al caso. Se ho bisogno la chiamo».

Mentre la porta si chiude delicatamente, il Maresciallo prende il ciondolo dalla spazzatura e se lo mette in tasca. Poi, da un cassetto della scrivania, prende le pagine bianche e le apre alla lettera "R" di ristorante.

9

Il sole, al tramonto, srotola gli ultimi raggi rosso sangue. Sono ritardatari guizzi di luce che trafiggono solitari stracci di nuvole color antracite, brandelli fumé che veleggiano alla deriva nel cielo. Spazio lo sguardo a trecentosessanta gradi. Alcune romite luci fanno capolino, punteggiando come lentiggini i dolci rilievi e l'alta pianura circostante. Spruzzate di civiltà sbocciano, bucando senza un ordine preciso, l'abito verde che ricopre i rilievi circostanti. Una serie di tetti, là in fondo, un trattore pigro che traina un carretto così lontano che posso solamente immaginare lo scoppiettio del motore. Un'altra serie di case un po' più a destra dove, giocando con la fantasia, penso che una mamma ansiosa, nascosta dietro la tenda, stia aspettando il rientro del figlio uscito per una mirabile avventura con i suoi amichetti, mentre nell'immancabile cupo bar del paese un gruppo di uomini rugosi scola un bianchino in attesa della cena.

Lontani rimbombi di campane chiamano a raccolta i fedeli. La leggera e frizzante brezza che risaliva la vallata, all'approssimarsi della sera, si è tramutata in vento gelido che mi fa accapponare la pelle. Le ombre inesorabilmente si allungano. Ancora pochi minuti e ogni colore perderà la propria identità. Non ho nessun documento, l'auto l'ho rubata. Faccio un passo avanti, un sasso scivola placidamente sul ghiaino e poi si tuffa nel vuoto senza un lamento. Cerco di posare lo sguardo verso il nulla, ma le vertigini mi fanno arretrare di qualche millimetro. Il vento che ha girato la sua corsa mi sospinge verso il baratro. Mi volto ma nessuno è nelle vicinanze. Pensavo fosse più facile. Quando vedi un film tutto è veloce, tutto è semplice. Dò forza alla mia decisione, scolpisco nella mente la slanciata figura dello sperone roccioso, salgo su un sasso che pare un trampolino e...

«Ciao, che cosa stai facendo?»

Il silenzio è rotto da una voce conosciuta. Mulinando entrambe le braccia all'indietro per recuperare l'equilibrio ed impedire il salto nel vuoto, recupero la stabilità e mi volto.

«Enrica, ti ho aspettato tutto il giorno. Poi, non vedendoti arrivare, pensavo di raggiungerti».

«Vedi, adesso sono qui. Vieni a prendermi, abbiamo davanti a noi tutta la vita».

Allungo le mani, ma la figura comincia lentamente ad evaporare e a cambiare fisionomia. Dal gioco d'illusionismo spunta la figura di

*Gabriella che mi viene incontro con le braccia aperte dalle quali
pendono come ciondoli, teschi ghignanti. Poi mani nodose e robuste
che mi serrano la gola m'impediscono di respirare, sono quelle
del marito.*

*Lentamente, la figura femminile scompare e una risata amara di
Franzosi mi schernisce. Mi vengono a mancare le forze e mi accascio
al suolo. Le mie dita stringono con forza la sabbia e le unghie
cominciano ad incidere la pelle. Occhi immobili non vedono altro
che i miei pugni e qualche goccia di sangue. Una mano mi sfiora
e cerco invano di schivarla, con gesti convulsi cerco di mandarla via,
ma al contatto mi accorgo che è morbida e affusolata. Enrica si china
e mi porge un pacchetto di stagnola, lentamente lo scarta e poi mi
sussurra: «Su, mangia il mezzo biscotto e stringimi la mano che ce ne
andiamo. È ora di ricominciare».*

Grazioso si sveglia di soprassalto e accende la luce.

«Maresciallo, hanno telefonato dicendo che c'è un Babbo Natale
con una freccia piantata nel petto e un'altra che ha trapassato il
sacco dei doni e si è piantata in una finestra».

Sono le parole sputate a raffica da uno sconcertato Michele. Un
rantolo esce ruvidamente dalla bocca del Maresciallo, mentre due
segni neri delimitano le palpebre che stentano ad aprirsi. Cerca di
alzarsi dal letto, ma la stanza comincia a girare vorticosamente.
Allungando una mano, soffia un flebile aiuto: «Michele, mi aiuti.
Ho le vertigini. Non poteva mandarci Renzi?»

«È uscito mezz'ora fa dicendo che doveva accertarsi di una cosa».

«Lo faccia cercare, mi prepari un'aspirina e sarà lei ad
accompagnarmi sul luogo del crimine». Poi, mettendosi il cappotto
sul pigiama urla -. «È ancora qua? Svelto, prepari la macchina».

Il Carabiniere scelto esce velocemente, mentre fuori la notte è
rischiarata dai riflessi dei lampioni che rimbalzano sui fiocchi di neve
che si rincorrono e fanno a gara per arrivare prima sull'asfalto, oramai
farinoso. Il silenzio è ancora più assordante perché tutto è attutito dal
morbido manto. Una tagliente lama gratta a fondo lo stomaco di
Grazioso e un senso di vertigine lo avvolge. Si dirige velocemente nel
bagno, dove accucciato sul bidè, vomita l'anima.

Giunti sul luogo del delitto e dopo aver sbarrato la via, Grazioso
troneggia in mezzo alla strada, mentre i fiocchi di neve lo incorniciano
come se fosse una divinità infiorata. Ai suoi piedi, un ammasso inerme di
vestiti che coprono arti senza vita. Il rosso del cappotto, come una ferita
che squarcia la terra, contrasta con il candore della neve che veste tutta la
zona. Guarda stranito i volontari della Croce Rossa che se la stanno

ridendo e parlottano amabilmente con alcuni Carabinieri. Massaggiandosi il collo indolenzito si rivolge a Michele.

«Vorrei sapere chi ci sta prendendo per il culo» - sbotta -. «Questo è uno di quegli odiosi pupazzi che la gente appende ovunque, come per certificare a tutto il mondo che siamo sotto Natale. Chi ci ha chiamato?»

Uno sconcertato Michele che trattiene a stento un sorriso, indica con il movimento del capo un'anziana signora imbacuccata in uno scialle di lana che copre a fatica le larghe spalle. La donna, che sicuramente era già vecchia negli anni della Grande Guerra, sta parlottando con una ragazza che la sta rincuorando. Scrollando le spalle, Grazioso spinge Michele verso la vecchia: «Falle due domande, poi mandala a nanna e rimboccale le coperte. Per me il caso è già chiuso, scherzo di Carnevale anticipato. Me ne torno in caserma, buonanotte».

10

Zuppalà chiama Grazioso tramite la linea interna e comunica che c'è una signora all'entrata che ha prove importanti sui delitti avvenuti a Correggio.

«Finalmente qualcosa si muove. Dai, accompagnala subito nel mio ufficio» - ordina il Maresciallo. Appoggia la cornetta, si aggiusta la cravatta e indossa la giacca della divisa, abbottonandosela in tutta la sua lunghezza.

Zuppalà apre la porta e fa entrare una vecchietta tutta ossa, capelli lunghi bianchi che arrivano fino alle spalle e dal viso grinzoso brillano due vispi punti neri. Nella mano destra tiene stretta una grossa borsa di plastica che, però, è bucata in più punti dai quali escono ciuffi rossi. Grazioso con un gesto di sconforto allarga le braccia come se fosse il Papa che sta abbracciando i fedeli in piazza San Pietro e disintegra, con un'occhiata feroce, il Brigadiere che esce precipitosamente dall'ufficio.

Con voce accomodante si rivolge alla vecchietta: «Prego, si può sedere su quella comoda poltrona e mi esponga le sue prove».

Infischiandosene dell'invito, la signora con sforzo immane appoggia la borsa sulla scrivania e, dopo aver respirato con regolarità un paio di volte, impreca: «*A gh'è mia più dal sporti come na volta*[8]. Oggi siamo costrette anche a pagarle e si rompono subito. Secondo te come faccio a portare a casa la spesa senza perdere metà della roba?»

A sua volta il Maresciallo fa un lunghissimo sospiro e cerca di spiegare che lui non sa come risolvere questo importante problema, ma che potrebbe esserle d'aiuto il Brigadiere che l'ha accompagnata.

«Non sono venuta fino a qua per una cavolata del genere» - ribatte la nonna, togliendo dalla borsa il prezioso contenuto -. «Voglio portare alla sua attenzione il fatto che il teppismo a Correggio ha superato i limiti della decenza». - Allunga al Maresciallo il pupazzo di un Babbo Natale dalla cui pancia spunta una freccia -. «Guarda come hanno ridotto il regalo che mi ha fatto mia nuora. Il suo primo regalo dopo cinque anni di matrimonio. Ho aspettato con impazienza per tutto questo tempo e quando finalmente si è decisa a farmelo, zac, me lo rovinano subito».

Coprendosi gli occhi con le mani, Grazioso respira con regolarità per non perdere la calma, conta fino a dieci e chiede: «E io cosa dovrei fare con questo pupazzo?»

8 Non ci sono più le borse di una volta.

Perplessa, la vecchietta si guarda intorno e borbotta: «Con tutti i laboratori che avrete da qualche parte potete rilevare le impronte, trovare qualche fibra di tessuto orientale che vi condurrà al delinquente che ha ucciso il mio regalo, siete o non siete i famosi RIS di Parma? Questo è sicuramente un delitto imperfetto».

E si siede con gesti trionfali sulla poltrona.

Grazioso chiude gli occhi e poi li riapre, ma il sorriso della donna è sempre lì davanti e decide di restare al gioco: «Grazie del suo prezioso contributo, ma visto che siamo a Correggio, sono costretto a mandare il suo prezioso reperto al laboratorio di Parma dove lo taglieranno, prenderanno tutta la gommapiuma che è all'interno, dovranno staccare gli occhi, per non parlare del ciuffo del cappello... Taglieranno ogni filo del pompon e saranno costretti ad immergerli in sostanze corrosive e polverine esplosive, è sicura di voler questo?»

Lentamente il sorriso che capeggiava sul viso della signora si spegne e grosse rughe tratteggiano la magra faccia. Stringe i piccoli occhi e dopo un paio di secondi si alza, prende il pupazzo, se lo accomoda sotto un'ascella e sentenzia: «Non sacrifico per il bene comune il mio regalo, non posso fare questo torto a mia nuora».

Rinfrancato, Grazioso alza la cornetta: «Zuppalà, la signora ha finito, può venire in ufficio e la può accompagnare all'uscita». - E, girandosi in modo che la donna non senta sibila -. «Dopo, io e lei faremo i conti».

Gira intorno alla scrivania e, cingendola per le esili spalle, la accompagna alla porta dell'ufficio: «Adesso verrà il Brigadiere che l'accompagnerà all'uscita e... Grazie per la sua collaborazione».

Appoggiando un chilo di documenti da firmare sulla scrivania, Renzi si rivolge al Maresciallo che sta leggendo un quotidiano: «Siamo arrivati a sei denunce». - E lascia la frase in sospeso -.

Grazioso macchinalmente si toglie gli occhiali da lettura e guarda basito l'Appuntato: «Lei riesce sempre a farmi girare i *cabasisi* anche quando la giornata è tranquilla. Chi denuncia chi e che cosa, per Dio?! Renzi, non può fare diventare una telenovela ogni frase che inizia».

«Ci sono altri sei pupazzi trapassati da parte a parte. Una freccia ha spaccato una finestra, ha infilzato una brioche togliendola dalle mani del malcapitato e si è conficcata nel bonsai che faceva bella mostra sulla mensola, decapitandolo».

«Però in giro non ho incontrato degli indiani sul piede di guerra. Lei, Renzi, ha notato qualche segnale di fumo ostile?» - E si rimette a leggere il giornale -.

«Guardi che è una cosa seria, ci potrebbe scappare un ferito o addirittura un morto. Queste frecce sono vere e proprie armi, non vedo nulla di ironico in questa faccenda».

Senza distogliere lo sguardo dal giornale, da dietro la cortina di notizie prende corpo una risposta: «Ecco perché oggi alle quattordici andremo a Reggio Emilia dove ci aspettano alcuni dirigenti della Società Arcieri del Torrazzo e, se non sbaglio». - Stacca una mano dal giornale per guardare l'orologio -. «Tra cinque minuti ci dovrebbero portare una freccia incriminata».

Un rumore di porta sbattuta tronca la fine della frase. Da un lato del giornale spunta la testa di Grazioso e con un sorrisetto malefico guarda la scrivania vicina alla sua, vuota.

«Renzi accosti, sembra che quello sia una specie di parcheggio. Suvvia, non tenga il muso per una piccola battuta».

Mettendo freneticamente la retromarcia, ferma la macchina contro il marciapiede, ringrana la prima, facendo grattare tutti gli ingranaggi di questo mondo e con forza tira il freno a mano poi, sbuffando, si rivolge al Superiore: «Io… Io cerco di fare le cose con la massima attenzione, nel tentativo di agevolare il suo compito, ma lei arriva sempre in anticipo. Mi sforzo, ce la metto tutta per imparare questo mestiere, ma faccio sempre la figura del fesso. Ho dei forti dubbi sul fatto di avere scelto il lavoro giusto».

Grazioso si avvia verso l'entrata e con un buffetto paterno sulla spalla del Carabiniere cerca di rincuorarlo: «Quando questa storia sarà finita le racconterò le cazzate che ho fatto alla sua età e vedrà che si rimangerà quello che ha appena detto. Ora dobbiamo sentire queste persone e vedere se ci possono dare una mano. Entriamo».

Il prefabbricato è lungo una trentina di metri e largo una decina. Sulle pareti campeggiano diversi articoli di giornale che evidenziano i risultati della Società e fotografie che immortalano giovani arcieri sorridenti e vincenti. Parallele alle pareti e appese al soffitto, due assi di legno sono zeppe di coppe e trofei. Su un tavolo le briciole di una torta ed alcuni bicchieri di plastica con residui di vino. L'atmosfera che si respira è cordiale e serena, ma la tranquillità che aleggia nella palestra si contrappone all'impressione di essere entrati in una Babele anarchica, sebbene i suoi strani personaggi siano legati da un sottile filo rosso. Una ragazza con un ciuffo giallo è appollaiata su una panca e sta martoriando il cellulare. Un uomo pelato e con un pizzetto che gli incornicia il viso sta cercando di spiegare, con gesti incomprensibili ai due Carabinieri, le giuste movenze a due giovani che lo sovrastano di un buon venti centimetri e che sghignazzano tra di loro. Un altro sorridente uomo con un cappello da baseball scocca una freccia da uno strano arco munito di ruote e diverse corde e si rivolge ad un giovane altrettanto sorridente che si sta stirando con le mani i lunghi capelli: «Hai visto quanto sono bello?»

Altre due ragazzine stanno tirando a raffica una serie di frecce, mentre una signora, seduta su una sedia di plastica, sta facendo l'uncinetto. Un'altra ragazza con i lunghi capelli annodati in una coda di cavallo, con fare scocciato, sta ascoltando alcune spiegazioni da un uomo che le mostra il giusto movimento che dovrebbe fare con le scapole.

I presenti si accorgono dei due Carabinieri e, come per magia, un innaturale silenzio piomba nella palestra e un velo di stupore si adagia sulle loro espressioni. È Grazioso che rompendo gli indugi si presenta e prende l'iniziativa.

«Abbiamo un appuntamento con il Signor Carlo».

L'uomo con il cappello appoggia l'arco e allungando titubante la mano: «Sono io. Prego, andiamo in ufficio. Giovanni, vieni con me?»

E si dirige all'esterno della palestra seguito dall'uomo con il pizzetto. Renzi, salutando con un cenno della mano le persone che sono ancora disorientate da qualcosa d'impalpabile, chiude la fila.

Grazioso appoggia una busta trasparente che contiene una freccia su una scrivania zeppa di fogli, pezzi di frecce e medaglie: «Come vi avevo anticipato telefonicamente, questo è un reperto che fa parte di una indagine che stiamo portando avanti. A prima vista sembra una ragazzata, ma potrebbe sfociare in qualcosa di più grave. La nostra intenzione è anticipare, se possibile, eventuali complicazioni. Siamo qui perché vorremmo capire qualcosa di più sul vostro sport».

«Posso aprire la busta?» - Domanda Carlo -.

«Sì, faccia pure, abbiamo già fatto tutte le rilevazioni del caso e abbiamo appurato che tutte le frecce incriminate sono uguali».

L'uomo con il cappello prende in mano la freccia, le dedica una velocissima occhiata e la passa a Giovanni.

«È una freccia da Compound» - inizia a spiegare - «e chi la usa non deve essere molto alto».

Giovanni soppesa la freccia e conferma quanto detto dall'amico annuendo con il capo. Renzi, a quel punto, non resiste più e sbotta in un: «Ma siete tutti indovini? Non è che avete un terno secco da passarmi?!»

«Renzi». - È il richiamo perentorio del Maresciallo -. «Le chiedo di tenere un comportamento consono alla divisa che porta ed apra la bocca quando lo dico io. Sscusatelo, è giovane e impaziente. Con il tempo si formerà… Ma sono curioso anch'io di comprendere la velocissima diagnosi».

Sorridendo, Carlo parla con tono sapiente: «Ogni persona che tira con l'arco ha un allungo diverso, quasi fossero impronte digitali: più corta è la freccia, più corto è l'allungo e di solito la persona non è molto alta. Poi, anche le frecce parlano da sole: la dimensione dell'asta, la punta che montano, ma è soprattutto la posizione delle penne a confermare la mia ipotesi».

Renzi non riesce a stare zitto ed interviene: «Adesso mi svela come fa ad essere così sicuro?»

E prima che Grazioso possa redarguirlo, un sempre più ispirato Carlo continua: «Questa sicuramente e, senza ombra di dubbio, è stata usata da un compound ed è per uso esterno, non da indoor. Quando s'incocca una freccia nel compound, una penna è parallela alla corda, mentre le altre due che sono rivolte verso il basso formano una specie di tetto, e il diametro del fusto dell'asta è per il tiro all'aria aperta».

«E… Cosa sarebbe un comp… Che cosa?»

«Il compound è un tipo d'arco… Avete presente quello di Rambo? È quello che stavo usando io in palestra. E questa freccia, direi che serve per una gara esterna, forse un 3D. Vero Giovanni?»

Prima che l'interpellato possa aprire bocca, è Grazioso con fare dubbioso che continua: «E che cos'è una gara 3D?»

«È una gara all'aperto, dove seguendo un percorso ben definito, si devono colpire delle sagome di animali finti, posizionati a diverse distanze dalla linea di tiro. A rendere più difficile, ma anche più divertente la gara, è che chi tira non conosce a che distanza si trovano le sagome».

È sempre Carlo che, alzatosi, apre una custodia e ne allunga il contenuto a Grazioso: «Se un pazzoide ha perforato diversi Babbi Natale finti, appesi nei punti più impensabili, potrebbe aver usato un arco simile a questo».

Il Maresciallo tiene in mano l'arco come se fosse fatto di cristallo, e con un brillio negli occhi sbotta: «Allora questo novello Rambo potrebbe aver innescato tutto questo casino solo per fare una… una specie di allenamento?»

Mentre Carlo incocca la freccia e fa vedere ai due Carabinieri la posizione delle penne, alzando le spalle e con un evidente stupore dipinto sul viso, Giovanni finalmente prende la parola: «Mi sembra una cosa assurda! Alle persone che iniziano questa disciplina viene spiegato come comportarsi e che gli archi si possono usare solo sui campi di tiro. Però, per assurdo, potrebbe essere una spiegazione, seppur remota».

«Quindi» - interviene Renzi che non resistendo al mutismo al quale era stato costretto parte in quarta - «c'è in giro una persona che non ha tutte le rotelle a posto e si diverte a tirare frecce senza un filo logico? Queste armi sono registrate? Esiste un elenco?»

«No, non sono registrate, perché per poterle usare prima devono essere montate, quindi l'arco non è equiparato ad esempio a una pistola che necessita il porto d'armi». - Carlo ha preso in mano l'iniziativa e, rimettendo l'arco nella custodia, continua a spiegare -. «Noi possiamo darvi l'elenco dei nostri soci, ne abbiamo un paio anche di Correggio. Potrebbe essere un punto di partenza, vero Giovanni?»

«Sicuramente». - E alzandosi prende un classificatore da un armadio -. «Vi faccio le fotocopie delle schede. Di ciascuno c'è l'indirizzo, il telefono e la foto».

Grazioso si alza dalla sedia e si rivolge ai due uomini: «Siete molto gentili ed efficienti, non posso che ringraziarvi della collaborazione, vero Renzi?»

L'Appuntato, che si era distratto guardando le diverse frecce conservate in un contenitore, si riscuote e torna con la mente dentro all'ufficio: «Sicuramente ci date un grosso aiuto. Grazie... Ma è molto difficile tirare le frecce con l'arco?»

«Seguendo un corso s'impara velocemente a scoccare le frecce» - risponde Carlo con un sorriso, rimarcando la parola "scoccare" -. «Poi, se uno vuole ottenere dei risultati, deve impegnarsi con allenamenti costanti, come in ogni sport, nella vita oppure nel lavoro».

Giovanni allunga le fotocopie al Maresciallo e, dopo un attimo d'imbarazzo, si decide a chiedere: «Potrebbe essere una domanda senza senso, ma lei, Maresciallo, ha un fratello gemello?»

«No, sono figlio unico» risponde Grazioso, sorpreso.

«Giovanni, è impossibile che siano parenti» - interviene Carlo -. «Il Maresciallo ha il cognome diverso da Marco, anche se si assomigliano come due gocce d'acqua».

«Ecco perché quando sono entrato in palestra e mi avete guardato vi siete tutti ammutoliti... E chi sarebbe questo Marco?»

«Guarda che coincidenza. Marco è di Correggio e da un anno ha iniziato a tirare di compound e mi aveva chiesto dritte sul tiro 3D. Vero, Giovanni?»

«Sì, Sessi Marco è di Correggio».

11

Una manifestazione, capeggiata da uno striscione giallo che fa da apripista ad un gelido corteo, scivola lungo le deserte strade centrali di Correggio. La lenta e impacciata processione, considerata la strada fangosa e l'età non proprio verde dei manifestanti, vaga nell'indifferenza generale senza una meta precisa. Un paio di mucche legate ad una corda vengono trainate con forza, mentre una più tenace si sofferma a mangiare della verdura scartata da un banco del mercato. Alcune signore attempate reggono panieri pieni di grano, altri sono colmi di farina. Un contadino, con dei grappoli d'uva di plastica che pendono dal collo, sorregge un cartello che sentenzia: *"Questo sarà il cibo dei figli dei nostri figli"*. Nessuno slogan è innalzato ad inno dal gruppo, solamente un drappo bianco si erge dalle teste imbacuccate: *"Per noi è finita"*. Gli operatori ecologici, indifferenti al corteo, stanno ripulendo Corso Mazzini dai rifiuti lasciati dagli ambulanti che hanno colorito e animato il centro cittadino nella tradizionale mattina di mercato.

Nell'angolo tra Corso Mazzini e piazza Garibaldi, l'abituale gruppetto di amici si è riunito a commentare la succosa giornata. Artemio, seduto sulla carrozzina a motore, si rivolge a Mentore, agitando il bastone verso la processione: «Contro chi protestano e che cosa vogliono quelle cariatidi?»

Mentore, dall'alto del suo aplomb di ex maestro di scuola elementare, e che vanta tra i suoi alunni un certo Francesco, che è diventato assessore nell'adiacente comune di Rio Saliceto, tiene una lezione ai suoi amici: «Sono in rivolta con la Comunità Europea. La colpa è dei politici che hanno dato l'autorizzazione alla commercializzazione di un mais transgenico adibito all'alimentazione degli animali da macello. Questi animali verranno trasformati in cibo e, quindi, anche la popolazione mangerà cibo spazzatura. Pare che la mucca pazza non abbia fatto troppi morti per essere ricordata dai nostri politicanti. Nei tre milioni di chilometri fatti in camion ho pranzato nei posti più sporchi di questo pianeta e mangiato cibi che neanche un maiale annuserebbe. Chissà quanti gatti mi hanno servito nel dopoguerra al posto del coniglio… E adesso si scandalizzano per così poco?»

«Ma non erano due i milioni di chilometri che ha fatto la tua schiena?»

Gaeta Umberto, dall'espressione vacua come una mozzarella anemica, chiede ai quattro venti: «*L'a sughè la Pastorino?*»

«È solo questione di soldi» - sostiene Fernando strofinando indice e pollice, una vita trascorsa acontare i soldi degli altri -. «I contadini sono costretti ad acquistare i semi dalla multinazionale ad un prezzo più elevato, con la falsa promessa che avranno più resa di quelli tradizionali, ma alla fine dopo un anno saranno costretti a prenderne degli altri perché nei semi è stato inserito un gene suicida. Senza parlare di pesticidi specifici, sempre venduti dalle multinazionali sanguisughe. Nel giro di poche stagioni, il contadino sarà talmente indebitato che sarà costretto a vendere le sue terre, e indovinate a chi?»

«Alla Pastorino?» - È il laconico lamento di Umberto -.

«E tutta questa sapienza agricola da dove scaturisce? Dal dopolavoro bancario fatto in quattro lezioni con la supervisione del tutor dal pollice verde?» - Domanda un incuriosito Mentore -.

«Tu avrai un ex alunno assessore, ma il figlio del mio secondo cugino che studia in America grazie ad una borsa di studio, ha frequentato un corso dove un'associazione no profit, dietro un piccolo compenso, svela documenti segreti carpiti dalle multinazionali agricole sudamericane» - è la dotta conclusione di Fernando certificata da un sorriso sornione -.

Mulinando il bastone, Artemio tiene a freno la carrozzella: «*Ma va a caghèr*[9]. Cosa c'entrano i grossi latifondisti americani con i nostri poveri contadini che coltivano su fazzoletti di terra insignificanti, che ne cavano a malapena il minimo sostentamento».

«E dove mettiamo i prodotti DOC, IGP, HACCP delle nostre terre?» cerca di perorare la causa un sempre più infervorato Mentore.

«Nel cesso, tutto nel cesso, tu e la tua cultura da Radio Elettra. L'HACCP è una sigla che certifica l'igiene che devono seguire alcuni negozi e non una produzione agricola… *Ignurant*[10]».

Indispettito, molla il freno della sedia a rotelle e si avvia verso i portici. Fernando a sua volta controbatte: «Siete tutti ignoranti! L'HACCP è un sistema di autocontrollo igienico sanitario obbligatorio per chi manipola cibo…». - Ma, capendo che si sta incanalando in un vicolo cieco, devia il discorso alla ricerca di una tregua -. «Direi che è giunto il momento del goccetto pomeridiano, oggi è il turno dell'Olimpia, e speriamo che Santino ci raggiunga al caldo, è strano che manchi ad un appuntamento».

È segue a poca distanza la carrozzina trascinando per una manica Umberto che strilla: «*Ma la Pastorino l'à sughé?*»

Da dietro un camion della spazzatura spunta Grazioso che, dopo un momento di tentennamento, decide di seguire la processione, con le papille gustative che si mettono in moto al ricordo dell'abbuffata di cappelletti.

---

[9] Ma che stai dicendo
[10] Ignorante

L'interno della bocciofila è desolatamente deserto. S'intravedono a malapena i campi da bocce rischiarati dalla fioca luce che illumina il corridoio centrale, dove sono sistemati i tavolini adibiti al gioco delle carte. Grazioso, che è entrato nel locale una ventina di minuti dopo il gruppo di amici, si appoggia al bancone e sorseggia un caffè amaro. Dall'alto della sua postazione, infatti, per raggiungere i campi da bocce si devono scendere sette/otto gradini, li osserva e percepisce che la partita a carte latita e anche la loro proverbiale ilarità in questo momento è spenta.

La cameriera sale a fatica le scale e si rivolge al barista: «Due bianchini, un cornetto e... E due fette di gnocco fritto di ieri con un bicchiere di caffelatte. Ma che cosa ci trova quello là...» - indicando Fernando - «nello gnocco fritto vecchio? Già appena fritto, se troppo unto è nauseante, ma mangiarlo il giorno dopo è un attacco mortale al fegato». E sbatte il vassoio sul bancone.

Il barista, che poi è Ermes il titolare del locale, sorride verso Grazioso e attacca bottone: «Lei, Maresciallo, dopo i cappelletti dell'altro giorno, dovrebbe provare anche questa prelibatezza, vedrà che non si pentiranno né il suo palato né il suo fegato. A volte *"al gnoc fret"* è più buono il giorno dopo!»

Grazioso, perplesso dalla nuova rivelazione culinaria, cerca parole gentili per rifiutare la proposta, quando la sua ricerca mentale nell'accampare una scusa qualsiasi viene interrotta dallo squillo del cellulare.

«Michele, cosa è successo ancora? Non poteva aspettare? Cosa? Un altro? Dove? Arrivo subito!»

Lascia sul bancone un euro ed esce precipitosamente dal locale lasciando esterrefatti i due interlocutori.

12

L'esile corpo di Villa giace sul letto intatto, solo qualche piega in concomitanza del peso dell'uomo spezza la linearità del copriletto. Stretta nella mano destra, la mascherina trasparente collegata con un tubo alla bombola dell'ossigeno. Sul pavimento una freccia di legno conficcata in un Babbo Natale. Grazioso si avvicina al letto e guarda il cadavere, constata che non è evidente alcuna ferita e non vede traccia di sangue. Poi, guardando il viso che è lievemente girato verso sinistra, gli sembra di scorgere un poco di serenità sull'espressione della bocca che ha cancellato le tante pene patite. Non ha mai pensato alla morte anche se, da qualche parte, aveva letto che a partire dai trenta, trentacinque, o forse quarant'anni si pensa sempre più al dopo. Più tardi, quando cominci a capire che la vita ti sta scivolando tra le dita, di fatto si raggiunge la vetta, perché diventa "il pensiero giornaliero", un tarlo che bussa alla testa senza sosta. Maledette le notti insonni, dove l'artiglio ti prende alla gola e non lascia la presa. Lui, questa sensazione l'ha relegata in un cassetto, perché la sua parte migliore, il bocciolo che stava prendendo forma l'ha seppellito tanti anni fa.

...Lo sguardo fisso rivolto al nulla, il corpo tremante e lacrime che hanno inzuppato un foglio che stringe con forza tra le mani. Il sole sta calando all'orizzonte, mentre molte reclute sono in fila al cancello in attesa del via libera per trascorre la serata tra i civili. Ha letto per la quinta volta la lettera che gli hanno spedito i genitori di Enrica. Appoggiata sul terreno al suo fianco una pistola...

Ci ha provato a compiere l'atto ultimo. Definitivo. Bum e poi il buio. Tiri lo sciacquone universale e una spirale famelica inghiotte tutto. Diligenti e in fila indiana i desideri di una vita, gli amori di una vita, i rancori di una vita, tutti in un buco nero. Ogni cosa perde la sua provvisoria e aleatoria rilevanza. Solo la codardia gli ha impedito di dare seguito al progetto che, però, è diventato un pesante macigno che lo accompagna nel deserto arido di sentimenti che è la sua vita.

Esce mestamente dalla stanza lasciando spazio alla scientifica. Non una parola. Uno sguardo truce fa morire sul nascere l'intervento di Renzi che rimane a bocca aperta. Raggiunge il cortile dove un tiepido sole accarezza il creato e si lascia affiancare dall'Appuntato che lo aveva diligentemente seguito.

«Cosa sta succedendo a questa città?» - Chiede un apatico Grazioso -.

Il ragazzo stringe con forza le labbra e socchiude gli occhi che guardano un sole che si sta velocemente nascondendo dietro una flotta di nuvole. «Forse tutta la cattiveria che giorno dopo giorno si è accumulata, ha deciso di uscire dal letargo e sta occupando la voragine che questa crisi sta scavando sotto le nostre esistenze. L'uomo non è contento, non è sereno, se è povero perché è povero, se è ricco perché lo vorrebbe essere di più. Con il tempo questa durevole infelicità ha contaminato la terra che ci circonda e adesso sta spargendo fumi malefici».

Grazioso lo guarda stranito: «Suvvia Renzi, non siamo in un romanzo di Stephen King dove ci sono clown assetati di sangue».

«Il male non deve essere raccontato, lo viviamo tutti i giorni. E adesso la città avrà paura, dobbiamo fare qualcosa per riportare tutto alla normalità».

«Non esiste un metro per dire qual è la normalità. Ognuno ha la sua ricetta segreta, ma manca sempre l'ingrediente principale. Renzi, prenda in mano la situazione, ho un appuntamento».

«Ma... Maresciallo, come mi devo muovere? E con l'arciere pazzo cosa devo fare?» - Chiede un basito Appuntato sorpreso dalla totale inerzia di Grazioso -.

«Faccia le solite cose. E poi, non ha notato che la freccia è diversa da quelle che abbiamo analizzato? Sicuramente è un depistaggio. Ora non ho tempo da dedicare a questo fatto».

Prende in mano il cellulare, mentre con l'altra congeda l'Appuntato.
«Ma...»

Le richieste di spiegazioni muoiono in gola al giovane Carabiniere perché il Maresciallo sta parlando e con la mente è già altrove.

Mancano pochi minuti all'orario di chiusura. La barista sta asciugando svogliatamente alcuni bicchieri e guarda con insistenza, prima l'orologio appeso al muro, poi la persona che da dieci minuti è seduta in fondo alla stanza. Non ha fatto un ordine e le uniche parole, sussurrate, sono state: «Sto aspettando una persona».

Scocciata, pensa che deve ancora tirare l'aspirapolvere e lavare il pavimento. Sicuramente arriverà in ritardo al suo, di appuntamento. Butta il canovaccio nel lavandino ed entra nella piccola cucina del bar dove una sua collega sta riempiendo alcune ciotoline con le bustine di zucchero.

«Cosa facciamo? Vado a tirare l'aspirapolvere sotto i piedi di quello là?» - E guarda l'orologio da polso -.

«Lo sai, se il capo verrà a sapere che abbiamo mandato via un cliente ci fa una testa così. Se devi andare, vai, ci penso io a finire».

«Sì, ma ci ha anche vietato di rimanere da sole» - ribatte quella, nervosa e insicura sul da farsi -.

«Il capo arriverà tra un quarto d'ora per la chiusura, gli dirò che non ti sei sentita bene. Tanto che cosa vuoi che succeda? E a quest'ora, poi... hai guardato fuori? Dalla nebbia non si vede l'altro portico».

«Va bene, io vado. Ci vediamo domani».

La ragazza si mette un piumino nero sulla divisa, si riassetta con un abile colpo di mano i biondi capelli, e, mentre esce, incrocia una donna dalla fluente capigliatura nera che, titubante, dopo aver guardato in giro, si dirige verso l'unica persona seduta. L'uomo la vede arrivare, si alza e scosta una sedia che gentilmente offre alla nuova venuta.

«Grazie, Signor Maresciallo. Ho ricevuto la sua strana telefonata. Non volevo venire, le ho spiegato che mio marito è molto geloso, poi mi sono detta che non c'era nessun pericolo... Sono con un Carabiniere, ed eccomi qui».

«In effetti, ero molto indeciso». - La voce di Grazioso denota un certo nervosismo -. «ma una serie di circostanze, una somma di fattori, alcuni gesti...»

Non riesce a proseguire il discorso. Ha la gola arida e i pensieri confusi. Con un cenno chiama la barista e ordina un bicchiere di acqua, mentre la donna prende un caffè. Grazioso, sorseggiando la bevanda, non si schioda da uno strano mutismo che lo ha assalito. Gabriella, con un gesto automatico, si scosta di capelli dagli occhi e prende l'iniziativa.

«Guardi, si spieghi velocemente. Mio marito non credo che abbia bevuto la scusa che ho inventato. Se non mi vede arrivare presto, potrebbe anche venirmi a cercare».

«Fosse così semplice. Sono confuso, strani pensieri ritornano e non sono sicuro di come comportarmi. Non riesco a concentrarmi sui fatti e sul lavoro. Il passato sta sgretolando le mie sicurezze».

«Se ha bisogno di uno specialista, ha sbagliato persona. Se vuole ho un'amica che...».

«No, lei...» - Un tentennamento, poi continua -. «Anzi, alcuni suoi gesti mi ricordano una persona con la quale stavo pianificando il futuro, avevamo il mondo tra le mani...»

La voce del Maresciallo si affievolisce fino a diventare un anelito incomprensibile.

«Non è mio interesse sapere. Quello che le posso dire è che deve affrontare il suo passato e accantonarlo, qualsiasi esso sia. Poi deve decidersi a vivere questa vita di oggi, senza il fardello di ieri. Io devo andare, sicuramente non sono la soluzione ai suoi problemi. In me vede una persona che non esiste più, e che non ritornerà».

La donna si alza e fa per stringere la mano a Grazioso che è rimasto di sasso quando gli eventi prendono una strana direzione.

Un uomo basso e tarchiato, nascosto sotto un passamontagna, ha lasciato la porta aperta, e il vento gelido che si è insinuato nel locale ha fatto volgere contemporaneamente la testa dei quattro presenti (nel frattempo era arrivato anche il titolare del bar). La nera e fredda appendice, che spunta dal pesante guanto dell'incappucciato che si è diretto velocemente verso il bancone, è puntata alla fronte della commessa, la quale pensa: *Ecco, lo sapevo che ho fatto il caffè troppo lungo.* Il titolare del bar che sta contando l'incasso nella piccola cucina, ha capito che il nuovo cliente si è presentato per fare un prelievo senza bancomat.

Grazioso, ancora stordito dallo schiaffo morale appena incassato, non può che pensare: *Minchia!* mentre Gabriella, con le mani serrate a pugno appoggiate alla bocca, non per il freddo, ma per avere visto l'arrivo di un'altra persona che si staglia e occupa la soglia del bar, urla: «Mio marito!»

I centoventi chili del nuovo arrivato si girano verso la fonte della voce e con lunghe falcate si dirigono verso la coppia, mentre l'incappucciato, sorpreso dall'ingombrante avventore, s'innervosisce: «Ma in questa città del cazzo dove non c'è mai nessuno, proprio questa sera ci deve essere un ritrovo per cuori solitari?»

E muove a ventaglio la pistola, cercando di tenere sotto tiro tutti e nessuno. Una pesante manata sposta come fosse un fuscello la donna dai fluenti capelli neri e, subito dopo, due morse attanagliano la gola del Maresciallo. Passamontagna si distrae guardando la lotta tra Davide e Golia e riceve una vassoiata sul collo, tra la schiena e la testa, proprio nel punto dove la cervicale è più fastidiosa e penetrante, (sarebbe stata una delle prime cose da curare con il prelievo odierno). La commessa grida istericamente, mentre il titolare del bar regala un'altra sportellata sul gomito del ladro che, contraendo i muscoli, serra l'indice della mano sul grilletto della pistola *vera*.

Lo sparo tuona nel locale, assordando i presenti e inondando il bar di un nuovo aroma di caffè biologico bruciato. La pallottola, rimbalzando sul piede d'alluminio di una sedia, si conficca nel ginocchio, disintegrandolo, dell'energumeno che molla la presa e si accascia al suolo con uno sguardo stranito. Grazioso, improvvisamente libero dalla morsa infernale, perde l'equilibrio e sbatte la testa, svenendo, sullo spigolo del tavolino. Una piangente Gabriella coccola il suo gattone che si è afflosciato come un gonfiabile bucato, la commessa singhiozza e istericamente spolvera il bancone del bar, mentre il titolare chiama i Carabinieri, ignorando che il loro più alto rappresentante è già sul luogo.

13

Il plico di quotidiani locali è sulla scrivania. Grazioso, impacciato nei movimenti dal collare che gli immobilizza il collo, è scosso da una spinosa fitta che si conficca direttamente nel cervello. Rughe di dolore solcano il viso ispido. Renzi, inoperoso e seduto da più di dieci minuti, si è mangiato fino alla radice le unghie delle mani. Con lenti e studiati movimenti, il Maresciallo prende un giornale e occhi iniettati di rabbia scorrono velocemente sul titolo che troneggia in bella vista: **"CLAMOROSO A CORREGGIO"** e poi sul corsivo che riempie la prima pagina. Serra le labbra e conficca i denti nell'indifesa e debole carne.

«Renzi, e quello che cos'è?»

«È un'uscita straordinaria di *Primo Piano*, anche se è un mensile, hanno pubblicato in fretta e furia questo articolo».

Sempre più sprofondato nella poltrona, Grazioso si copre gli occhi con le mani e ordina con impercettibili parole : «Legga lei ad alta voce, io non ce la faccio».

L'Appuntato inforca gli occhiali, si muove alla ricerca della giusta posizione sulla poltrona, prende il giornale e si schiarisce la voce. Uno sconfitto Maresciallo non apre bocca e alza un'inesistente bandiera bianca.

«*"Correggio come una metropoli. Un serial killer che si aggira nel nostro paese, un pazzo che trafigge senza un perché bambolotti di Babbo Natale, i correggesi che si rinchiudono in casa e il comando locale dei Carabinieri cosa fa? Il suo più alto in grado si permette di importunare tranquille e devote madri di famiglia, alla ricerca di un fantomatico ardore giovanile. Nel pattume la morale e il senso civico delle forze pubbliche che dovrebbero proteggerci, e pensare che vivono grazie ai nostri soldi. Chiediamo un'assemblea straordinaria aperta a tutte le forze politiche o ai cittadini che...*"»

«Basta così» - è il laconico commento di un Grazioso distrutto -.

Renzi appoggia il giornale. Il Maresciallo stringe gli occhi, non per la botta ricevuta dal tavolo, ma per la stilettata morale che lo ha trafitto nell'anima.

«Vorrei parlare con questa giornalista. Mi piacerebbe capire il perché di tutte queste falsità».

«Non è il momento, e poi non risolverebbe nulla. Dobbiamo pensare ai due morti ammazzati. Questo sì che potrebbe mettere

67

in secondo piano quello che è successo ieri sera, se riuscissimo a trovare il colpevole».

Grazioso si alza e con passi strascicati si dirige verso la finestra, mentre con una mano si massaggia la spalla sinistra.

«Renzi, devo finire il discorso con Gabriella» - dice -. «Suo marito è all'ospedale. La convochi in caserma come testimone o come pare a lei. Può andare».

«Ma Maresciallo...» - Sono le incerte parole di un disorientato Appuntato -. «Ci sono le indagini... e poi chiamare quella donna in caserma, adesso, dopo tutto quello che è successo e che è stato scritto... non mi pare il caso».

«Questi sono gli ordini e non si discutono. Le ho detto che può andare» - borbotta Grazioso, continuando a guardare fuori dalla finestra -.

Pochi secondi e il silenzio viene rotto dal leggero chiudersi della porta. Il Maresciallo pensa all'ultimo incontro avuto con Gabriella, non quello rocambolesco del bar, ma quello precedente, quando acquistò il ciondolo, e ne ricorda alcune frasi:

"Per migliorare la mia conoscenza ho visitato la mostra 'l'Africa delle meraviglie', al Palazzo Ducale di Genova nel quale sono esposti pezzi di scultura varia. Favolosi. Un vero tuffo nelle radici dell'umanità".

La memoria spicca il volo e atterra negli anni Settanta: una birreria, la stanza piena di fumo e Luciano[11] che suona la chitarra.

«Che libro stai leggendo?» - attacca un rinfrancato Marco. Se prima i suoi occhi erano un punto luminoso nella penombra del locale, ora ardono di luce propria -.

«È un libro che si basa su una strana teoria, oserei dire bislacca più che strana. Spiega che le radici afroamericane sono da ricercare non negli schiavi deportati in America dopo il XVI secolo, ma tra i faraoni, prendendo spunto da una storia, forse fasulla, dal Vecchio Testamento sui figli di Cam dove si cerca di fare passare l'ipotesi che gli egiziani erano negri: una storia di razzisti bianchi, inferiorità dei neri e l'invenzione di una razza di bianchi caucasici dalla pelle nera, quasi fosse un romanzo d'appendice».

Marco, allibito, si guarda intorno per controllare se il mondo che lo circonda è reale o se sta volando su una nuvola. Con voce titubante stoppa un attimo il fiume in piena: «E in questo melodramma che cosa ci trovi d'interessante?»

11 Luciano Ligabue, cantautore, regista e chitarrista correggese

Affatto sorpresa del quesito, la ragazza continua: «Assolutamente nulla, quello che mi appassiona sono le sculture in terracotta africane, questo testo mi serve per comprendere meglio le loro origini. Ho visitato una mostra al Detroit Institute of Art, un regalo di papà». *- Un sorriso le sboccia sul volto -.* «Sono rimasta talmente sorpresa dalla forza e originalità delle sculture esposte che voglio carpire ogni segreto sulle loro origini e discendenze, perché voglio diventare una bravissima scultrice e, pertanto ne devo assimilare tutta la linfa. Nulla mi potrà fermare».

Una mano accarezza le sue dita, poi sale su lungo il braccio fino a solleticare una grossa cicatrice.

«Potrò accompagnarti nella tua ricerca, per il resto della vita?»

Grazioso si guarda riflesso nel vetro. Alcune zone sono trasparenti e può vedere fuori, in altre si vede riflessa una parte della sua fisionomia che oscura alcuni particolari del paesaggio, rendendoli incomprensibili.

Ecco che cosa mi rimane. Una zona nera, che piano piano mi sta divorando inesorabilmente.

Lentamente l'intenzione di lottare per una causa già persa sta svanendo.

14

Gabriella, scura in volto, batte nervosamente un piede contro la scrivania del Maresciallo e, con l'indice della mano destra, sta martoriando un'innocente ciocca di capelli. Renzi non è neanche entrato in ufficio, accampando una non ben definita commissione da effettuare urgentemente in centro. Finalmente la donna, esasperata dal compito silenzio dell'uomo, rompe gli indugi e con voce tagliente azzanna il Maresciallo: «Se lei pensa di passarla liscia, se mio marito viene a sapere cosa è stato scritto, se... Se...»

La donna scoppia in un pianto, mentre fremiti di nervosismo le scuotono le spalle. Grazioso le allunga un fazzoletto, cerca un leggero contatto, ma poi si ravvede e finalmente abbozza un discorso.

«Mi devo scusare con lei, con suo marito e con tutta la sua famiglia».

Le parole escono a malapena dalla bocca dell'uomo. Si massaggia il collo dolorante e chiude gli occhi contornati da pesanti occhiaie. Dopo pochi attimi li riapre, ma lo scenario è immutato. Sconsolato, neanche l'interrogazione di quinta elementare lo aveva messo così a disagio, cerca la forza di continuare:

«Speravo... Ho sperato di avere trovato il mio passato, quando ero sicuro di averlo cancellato. Una serie infinita di coincidenze mi aveva fatto ripartire il cuore ed era nata in me la speranza di ricominciare. In tutti questi anni, solamente il lavoro mi ha tenuto a galla... E quando l'ho vista...» - Si ammutolisce e rivive gli ultimi giorni -. «Il movimento delle dita nei capelli, le ceramiche, la mostra che ha visitato... Ho rivisto, sbagliandomi, Enrica: il mio primo ed unico motivo di vita. Ho creduto finalmente di avere una famiglia tutta mia. Di condividere una parte del mio percorso con qualcuno che mi stesse vicino. Di vedere crescere una creatura che un giorno mi avrebbe chiamato 'papà'. Purtroppo è stata solo un'illusione, un'illusione da ragazzino». - China la testa in segno di sconfitta -. «Mi dispiace. Sono completamente a sua disposizione. Sono stato uno sciocco».

La donna, che intanto ha smesso di piangere, si soffia il naso e meccanicamente si ravviva i boccoli. Alzandosi, si avvicina con movenze feline a Grazioso, sfiorando con i polpastrelli lo schienale della poltrona e poi i corti capelli. Il Maresciallo chiude gli occhi e si rilassa. Gabriella avvicina la bocca all'orecchio sinistro dell'uomo e gli sussurra: «Non sono io la soluzione ai suoi problemi».

71

E gli schiaffeggia con forza il viso. Senza voltarsi, prende il cappotto dalla sedia ed esce trionfante dall'ufficio sbattendo furiosamente la porta.

Una lacrima scende placidamente lungo il viso del Maresciallo. Una stilla salina che segna l'ennesima sconfitta della sua martoriata esistenza sentimentale.

15

«Renzi, cosa sta leggendo?»

«Sono un poco sfrontato» - dice Renzi incuriosito, sedendosi - «ma credevo di trovare una persona più giovane a dirigere la sede».

Un benevolo sorriso si stampa sul paffuto viso dell'uomo che tranquillamente risponde: «In tempo di crisi si raschia il barile pur di risparmiare qualche euro, e così mi hanno richiamato a sostituire il povero Franzosi che, comunque, anche lui era pensionato».

L'Appuntato legge la targhetta sulla scrivania e continua: «Signor Farri, è mai stato a Correggio prima d'ora?»

L'uomo fa dei ghirigori su un foglio bianco e soppesando le parole decide di parlare: «Finita la guerra mi sono trasferito a Bergamo per motivi di lavoro e il mio ritorno a Correggio è una pura casualità dettata dall'urgenza del momento. Tutta la mia vita si è sviluppata sulle terre bergamasche».

«Conosceva Franzosi Michele? Siete, oppure eravate, della stessa federazione e più o meno coetanei?»

Senza un attimo di tentennamento, come se si aspettasse la domanda, ma sempre con fare calmo, nega prima con la testa e poi dà forza al gesto: «No, non lo conoscevo. Non mi sono mai mosso da Bergamo, il mio compito era quello di lavorare sul territorio e non facevo opera di rappresentanza oppure di coordinamento. Queste mansioni erano e sono svolte da altre persone. Sì, ho sentito della sua triste fine, ma non so chi fosse, anche se ho presenziato al funerale, più per rispetto che altro».

Renzi prende nota su un quadernino, legge quanto scritto e, facendo segno di assenso, con l'espressione del viso decide di fare un'altra domanda: «Lei che cosa ne pensa degli OGM?»

Sorpreso dal quesito, il viso del Farri si rabbuia un attimo, smette di disegnare con la biro e scrive la parola *OGM*: «Un'idea ben precisa non me la sono fatta, ma potrebbe essere un vantaggio per l'umanità se il processo fosse certificato nella sua totale sicurezza per l'alimentazione umana. I dati che circolano certificano che la produzione aumenta e, contemporaneamente, diminuisce l'uso dei fertilizzanti. Mi pare una buona cosa, a lei non sembra?»

«Quello che penso io non conta, ma sono sicuro che il Franzosi fosse totalmente contrario agli OGM, e questo potrebbe essere stato un punto di scontro» - continua un imperterrito Renzi nel suo interrogatorio, sempre segnando la conversazione sul taccuino -.

Farri alza le spalle e quando si rilassa tutto il corpo flaccido ondeggia: «Io ho detto che potrebbe essere una buona cosa, ma arrivare ad uccidere una persona per una semplice supposizione…»

Lascia in sospeso la frase.

«A volte sono futili i motivi che scatenano la rabbia… E il Villa lo conosceva?»

Senza perdere la pazienza Farri rispiega che è appena arrivato a Correggio e che per lui è impossibile conoscere tutte queste persone, ma viene stoppato da un impulsivo Appuntato: «Sì, questo me lo ha già detto, ma poteva averlo incontrato al funerale».

Allargando le braccia, disegnando con le labbra una smorfia sul viso rubicondo e con tono pacato, quello insiste: «Non so chi sia, sono appena arrivato. Mi dispiace».

Renzi si alza dalla seggiola, stringe la mano a Farri e prima di uscire chiede: «Lei pratica qualche sport?»

Incuriosito, l'uomo questa volta risponde di getto: «Da giovane sono stato campione italiano di motocross. Ora, quando i reumatismi mi danno tregua, faccio qualche giretto nelle nostre campagne». Prende dalla scrivania una foto e porgendola al Carabiniere commenta, tutto soddisfatto: «Questo è il mio bolide. La passione per i motori me la porterò con me nell'aldilà».

Un sorridente Renzi prende nota mentalmente dell'ultima risposta e, quando ormai è fuori al freddo, grida al Farri che è sulla soglia dello stabile: «Comunque si tenga a disposizione».

16

«Michele, hai notizie del Signor Maresciallo?»

Quesito fatto più per rompere il tetro silenzio che regna in ufficio che per ottenere l'informazione, perché in cuor suo conosce già la risposta.

«No, è uscito prestissimo questa mattina, erano le cinque, e non ha lasciato nessun messaggio» - risponde con tono inespressivo l'Appuntato -.

Renzi legge gli appunti trascritti sul quadernino e grattandosi il mento continua: «Sai se a Correggio ci sono altre associazioni di agricoltori? Abbiamo novità sull'arciere pazzo?»

Michele, sempre neutrale nella sua espressione, quasi fosse fatto di cera, si gratta i pochi capelli che gli circondano la base del cranio, in barba alla giovane età: «Di Sessi Marco non ci sono tracce, svanito nel nulla, se quelli del Torrazzo non avessero la foto, oserei dire che è un prodotto della fantasia di qualcuno». - Si alza dalla poltrona, si allunga sulle punte dei piedi e raddrizza il calendario appeso al muro. China da un lato la testa, scruta quanto appena fatto con evidente soddisfazione e propone - «C'è la CIA[12] qui a due passi, vuoi andare a trovarli?»

Renzi guarda l'orologio che ha al polso: «Potrebbe essere una buona idea! Sono le nove, fagli una telefonata e chiedi un appuntamento per… Subito, non abbiamo tempo da perdere. Vorrei approfondire una cosa, finché ho tutto in mente. Anche se ho trascritto tutto, faccio fatica a seguire il filo degli eventi. Chissà come fa Grazioso, non l'ho mai visto prendere appunti… Deve aver una memoria di ferro». E dopo un attimo di pausa, come se avesse fatto una gaffe, termina il ragionamento: «Infatti i ricordi lo stanno divorando, ha proprio una memoria di ferro».

Michele, con tono disinteressato e dopo aver messo in fila le biro sulla scrivania, chiede: «Vuoi che chiami il Maresciallo sul cellulare?»

«No, per il momento possiamo fare da soli, ha già alle calcagna i fantasmi del passato, credo che qualche ora di solitudine possa giovargli».

Si alza, mette il blocco degli appunti in tasca e, mentre esce dall'ufficio, mormora come se ci fossero delle spie in ascolto: «Così faccio esperienza e al ritorno di Grazioso gli sforniamo la pappa pronta. Dai, fai la telefonata alla CIA, prendo un caffè e se hanno tempo di ricevermi… Volo».

---

[12] Confederazione Italiana Agricoltori

«E sugli OGM, la sua Associazione e Lei che idea vi siete fatti?»

La conversazione non aveva portato nessun nuovo elemento, anzi, ogni tentativo di aprire una nuova via si era rivelata una strada senza uscita. Tutte brave persone, le due associazioni, Coldiretti e CIA, andavano d'amore e d'accordo e allora perché non unirsi? Non pareva ci fossero scheletri sotto i fienili. Tutto troppo celeste per l'Appuntato Renzi che cominciava ad innervosirsi. L'uomo, ciondolando la piccola testa, veramente sproporzionata rispetto all'alta e magrissima figura che la innalzava su, verso il soffitto, soppesando le parole, come se fosse un farmacista nell'atto di amalgamare gli ingredienti di una medicina: «Siamo in attesa che l'European Food Safety Authority valuti caso per caso la sicurezza dei prodotti e noi, di conseguenza, ci adegueremo».

Renzi, agitandosi sulla scomoda sedia di plastica, guarda i magri appunti trascritti, e facendo sforzi titanici per non urlare, pungola: «Quindi se gli OGM fossero la soluzione ai problemi della fame nel mondo o al contrario fossero la causa della distruzione dell'umanità, per Lei non farebbe nessuna differenza».

«Come le ho detto, siamo in at...»

Il giovane Carabiniere con un gesto della mano lo stoppa e cerca di riassumere: «Lei non vedeva il Franzosi dalla fine della Seconda Guerra Mondiale, non conosce i suoi amici, non sa chi sia Farri, su importanti questioni sul futuro dell'agricoltura non ha una sua idea... ma lei, qui in questa sede, che mansioni svolge?»

Sempre pesando con il bilancino ogni parola, quasi fosse un fine per pungolare l'Appuntato, con semplicità risponde: «Lavoro di segreteria, una lettera da archiviare, un fax da spedire, insomma le solite cose che si fanno in un ufficio».

Uno sconfortato Renzi, non sapendo che pesci pigliare, si alza e si dirige verso la porta. Posizionata al fianco dell'uscita, c'è una libreria e si sofferma a leggere qualche titolo. Accorgendosi che sono tutti inerenti alla Resistenza, ne prende in mano uno: *I Racconti del Ribelle*, mentre si avvede che un'ombra cambia la tonalità della luce. Alle sue spalle sente l'avvicinarsi dell'uomo-grissino che lo sovrasta con la sua lunga figura, i campanelli dall'allarme del suo cervello lanciano segnali di pericolo, vede con la coda dell'occhio la lunga mano che sembra un artiglio proteso, cerca di girarsi velocemente ed istintivamente alza il braccio in segno di difesa.

L'uomo gli prende dalla mano il libro e commenta: «A voi Carabinieri non sfugge nulla, ha scoperto il mio piccolo segreto».

Con il cuore che vuole uscire dalla gola, interdetto dal repentino cambiamento d'espressione dell'uomo, Renzi si slaccia il bottone della camicia che improvvisamente è diventato stretto

«E sarebbe?» - Domanda con il fiatone -.

«Sono un appassionato della Resistenza in tutte le sue sfumature, sia da parte dei nobili partigiani sia dalla parte dei cattivi fascisti» - è il commento alquanto ironico di un attento e sveglio Pilenga -. «Mi piace leggere e documentarmi sui vari fatti di sangue che sono avvenuti alla fine e subito dopo la Seconda Guerra Mondiale, perché la guerra civile, perché di guerra civile si è trattata, non si è conclusa con il 25 Aprile».

A proprio agio nella nuova veste di Santo Inquisitore, il Pilenga sale su un fantomatico palco e sottopone Renzi ad un minicomizio: «Vede» - e prendendo dallo scaffale altri due libri -, «io sono imparziale nei miei giudizi». - E li porge con veemenza all'Appuntato -. «In quello rosso piccolino, il colore è molto significativo, e il titolo... Vogliamo parlare del titolo? *Una Resistenza, tante Storie*, vengono intervistati i paladini della giustizia e i martiri della zona».

L'uomo-grissino, infervorato e rosso in viso, agita in modo scomposto le lunghe braccia, ma ripresosi da un finto attacco d'asma non molla la preda: «Quello che ha nella mano destra, la mano che si mette sul cuore, con quelle sfumature grigie… Sì, sì, legga pure il titolo».

Renzi, quasi balbettando: «Chi ha ucciso quei fascisti?»

Pilenga, che si era seduto, si alza di scatto e come un avvocato all'arringa finale del processo catechizza un immaginario parterre di giuria popolare: «Per l'appunto, ad Urgnano il 29 aprile del 1945, chi ha ucciso quei fascisti? Guarda caso ci sono: nome, cognome, luoghi, quasi quasi c'è documentato quante volte sono andati a pisciare, ma all'improvviso tutti si trincerano nella sindrome dello "Smemorato di Collegno", dove i non mi ricordo, io non c'ero, io ero a fare pipì, si sprecano come se fossimo all'asilo nido. Almeno all'asilo nido hanno la scusa di non saper parlare. Secondo lei questa è giustizia?»

Un esausto Pilenga si accascia sulla poltrona, allunga le smisurate gambe, lascia cadere le lunghe braccia ai lati dei braccioli e lo sguardo febbrile è rivolto verso un punto indefinito del soffitto.

L'Appuntato gioca l'ultima carta: «Lei, da giovane, che sport ha praticato?» - Chiede indicando un mobiletto dove fanno bella mostra alcuni trofei e una foto che ritrae il Pilenga su un quad -.

«Ho partecipato a qualche campionato regionale di rally, poi mi sono rotto una clavicola, l'età non è più quella di un ragazzino e adesso mi limito a girare su più docili quattro ruote».

Un deluso Renzi riposiziona i libri sullo scaffale, si riassetta la giacca della divisa e fa per uscire, quando un rantolo esce da uno spossato Pilenga: «Lei, lei che mi pare un bravo e sveglio giovanotto, la voglio aiutare. Conosco qualcuno che ha avuto dei disguidi con il povero Franzosi, sono i fratelli Scaltriti che abitano in via Fossa Ronchi… Si ricordi che i libri di storia vengono scritti da chi ha vinto… E si ricordi anche che i due fratelli sono dei contadinotti, ma inoffensivi».

L'uomo, come se gli si fossero scaricate le pile, chiude gli occhi e comincia a russare.

È ancora buio quando Grazioso esce dalla caserma dei Carabinieri e si dirige velocemente a piedi verso il centro, dove lo attende un taxi che lo porta a Reggio Emilia. Alle nove si presenta alla Concessionaria auto e ritira una macchina che aveva prenotato per il noleggio. Si accerta che siano montati gli pneumatici da neve e parte verso le colline. Man mano che si lascia alle spalle la città, un labile senso di pace lo avvolge, ma l'inquietudine interiore non cessa di martellare. Supera il centro abitato di Albinea e si arrampica verso Ca' Bertacchi, poi supera San Giovanni in Querciola. La neutralità del paesaggio, tutto imbiancato fino alla più alta cima che si possa vedere ad occhio nudo, azzera ogni suo pensiero. La sinuosa strada si fa largo tra la collina da una parte e il leggero declivio dall'altra. A pochi chilometri dal centro abitato di Casina, come un automa, svolta a sinistra e si inabissa giù per una stretta e ripida stradina che si perde tra le colline, là in fondo dove non si scorge che il bianco della neve. Supera un agglomerato di quattro o cinque case e continua la sua apparente inarrestabile discesa. Un paio di curve a gomito e la strada spiana leggermente per qualche centinaio di metri fino ad arrivare a una strettoia naturale. Parcheggia la macchina contro un cumulo di neve, si mette gli scarponi da montagna, sfilandoli dallo zaino che aveva portato con sé, e si avvia a piedi.

Cinque minuti di cammino e, dopo una leggera curva dietro ad uno spuntone di roccia, ecco un piccolo occhio blu che fa da contrasto al candore del paesaggio. I ricordi non lo avevano ingannato. Il minuto laghetto, che d'estate è meta di pescatori alla ricerca di una naturale tranquillità, dorme pacifico tra guanciali di neve.

Una temeraria e calda lacrima scende lungo lo zigomo e si accuccia nella scavata guancia del Maresciallo e rimane cristallizzata da tanta semplicità che solo la natura può offrire. Comprime con fatica il senso del pianto e si dirige verso la casa di sassi e mattoni che, oltre ad essere ristorante, ha anche qualche camera. Un flebile saluto al locandiere, prende la chiave e si ritira nella camera. Si adagia sul letto senza svestirsi e chiude gli occhi. Lacrime di sconforto cominciano a bagnare la federa del cuscino.

Renzi esce velocemente all'aria aperta e cerca di incamerarne il più possibile. Ripensando al pericolo scampato, più che pericolo allo spavento del tutto inatteso che gli è capitato e che per la prima volta lo ha avvicinato tanto così alla morte, cerca di scrollarsi di dosso la brutta esperienza. Ancora tremante prende il blocchetto e febbrilmente trascrive tutto quello che ha detto e, soprattutto, quello che ha lasciato intuire il Pilenga. Terminata la trascrizione si appoggia stancamente al muro e si deterge il sudore dalla fronte. La mattinata è ancora giovane e facendo suo il detto 'Meglio battere il ferro finché è caldo', decide di andare dai fratelli Scaltriti. Il tempo di prendere un caffè ristoratore per ricaricare le batterie, consulta lo stradario e riparte. Il Maresciallo ne sarà orgoglioso, ne è sicuro.

Man mano che si avvicina alla casa dei fratelli Scaltriti, dopo essere arrivato a Budrio, la via si restringe sempre più fino a diventare un sottile filo di buche e poltiglia, qua e là qualche pezzo di asfalto, il tutto tra due alti e continui cumuli di neve.

Arrivato al numero civico, svolta e si trova davanti ad un cancello tutto sgangherato. Una parte è completamente arrugginita ed è attaccata al pilastro solo con un pezzo di filo di ferro, mentre l'altra è accartocciata su se stessa dentro al fosso. Entra nel cortile dove il pantano e il nevischio si contendono i residui pezzi di ciottolato che potrebbero essere stati posati dagli antichi Romani. Da un pollaio dai muri diroccati spunta la testa di una gallina e dal tetto semisprofondato spuntano scheletri di arbusti. Contro la parete, un trattorino ha terminato il suo lavoro da almeno una decina d'anni, considerato la siepe di viburno che lo circonda, mentre un alto treppiede di legno che potrebbe essere il leggio di un libro di un gigante è appoggiato ad una grossa pianta di ciliegio. Un aratro arrugginito come il cancello, al quale manca una ruota, è tristemente arenato dentro un tronco d'albero, mentre grosse montagne di neve mimetizzano chissà quali incredibili tesori.

Renzi scende dalla macchina e sprofonda in dieci centimetri di misto fango e neve, e gelidi torrentelli d'acqua si insinuano dentro le scarpe. Alza al cielo occhi sconsolati e poi devia lo sguardo verso la casa colonica che, rispetto al pollaio, ha degli scuri di legno alle finestre, tutti martoriati dal tempo e dai picchi, mentre il tetto è integro solo per una metà della lunghezza dell'edificio. Al pianterreno, sulla sua destra, vede muoversi qualche buco circondato da una lercia tenda e crede di notare un'enorme mano che sparisce all'istante. Dall'interno del rudere sente rumori di cocci che vengono pestati, seguiti dal cigolio del grosso portone che striscia sul pavimento irregolare e, sulla soglia, si stagliano due grosse figure capellute e mal vestite. Il Carabiniere si avvicina in punta di piedi, non per non fare rumore, ma per cercare di non finire infangato fino al midollo e si rivolge alle due goffe figure.

«Siete voi i fratelli Scaltriti? Avrei bisogno di farvi qualche domanda, del tutto informale».

I due uomini si guardano e rientrano in casa, pochi secondi e uno dei due riesce e, con un gesto del braccio che sembra un ramo da quanto è grosso e lungo, fa cenno di entrare.

19

L'interno della casa colonica è disseminato di detriti, pattume e ragnatele che danzano nel nulla, mentre l'aria stagnante punge le narici. Sulla destra si scorge quella che una volta era la stalla, mentre alla sua sinistra una porta socchiusa lo invita ad entrare. Dentro alla stanza che vorrebbe essere una cucina, vede un tavolo di legno tutto scheggiato, come se qualcuno lo avesse torturato, e nota che i fratelli stanno intagliando con lunghi coltelli dei pezzi indifesi di legno. Quella che una volta era la stufa, che fungeva sia da riscaldamento sia per cucinare i cibi, è completamente squartata e nel buco sono cresciute alcune piantine. La credenza che corre tutto lungo il muro, non ha un vetro integro e solamente un cassetto penzola in precario equilibrio dal suo vano. Una fioca lampadina che pende dal soffitto, attaccata ad un esile filo, illumina le due spettrali figure e in un angolo, tra una trave e l'altra, si scorge un nido d'uccello. Sentendo lo scricchiolo dei cocci sotto le scarpe del Carabiniere, due teste ricciolute si girano e quattro occhi celesti lo fissano.

Uno dei due fratelli distoglie l'attenzione dal suo lavoro e indica con un gesto del capo due sedie sulle quali il giovane si può accomodare. Renzi, sempre con circospezione, si dirige verso il luogo indicato e fa per sedersi, ma l'uomo che non aveva alzato lo sguardo si alza con inaspettata velocità, prende una delle due sedie, la spezza come se fosse un fuscello e la lancia contro la credenza dove il cassetto, con un tuffo a bomba, s'infrange sul pavimento di mattoni.

«No, quella era rotta, quella lì è quella buona» - è la voce cavernosa che esce da una bocca regolare disegnata su un viso ben rasato -.

Renzi si stringe nel cappotto e vede solidificarsi il suo respiro, mentre una tremarella, nata più dalla paura che dal freddo, si fa strada lungo il corpo.

I due Scaltriti - quello che si era alzato è tornato a sedersi - continuano silenziosamente il loro lavoro d'intarsio. Solamente sinuosi muscoli si muovono sotto i maglioni di lana infeltrita. Attimi di puro imbarazzo volteggiano nell'aria gelida che staziona dentro la cucina poi, finalmente, l'uomo che aveva spezzato la sedia decide che è giunto il momento delle presentazioni.

«Io sono Lorenzo e lui è Leonardo, il mio gemello».

Parole che rimbombano nella stanza. In tutta risposta a questo annuncio tonante, Leonardo accompagna la fine della frase con una risata da iena morente. «E lei chi è?» - Prosegue con totale disinteresse Lorenzo -.

L'Appuntato non è più tanto sicuro della sua pensata: fare visita ai due fratelli presentandosi da solo è stato un azzardo. Balbetta alcune infreddolite parole: «Sono l'Appuntato Renzi e sto… Stiamo indagando su uno… ehm, due omicidi avvenuti a Correggio…»

Uno sguardo truce di Lorenzo fa morire in gola le ultime parole del Carabiniere e sui muri rimbomba la sua voce: «E a noi che cosa può interessare quello che succede in paese?»

Come un ritornello, la graffiante risata di Leonardo chiude la frase. Renzi, sempre più incerto sul da farsi, cerca di motivare la sua visita: «Una delle due vittime era Michele Franzosi, e interrogando il signor Pilenga è uscito fuori che c'è stato dell'attrito tra voi e la vittima… Sono passato per l'appunto… Insomma per sentire il vostro parere sulla faccenda».

Tremante prende il quadernetto degli appunti per appurare che non abbia dimenticato qualcosa di essenziale. Lorenzo, gettando con ira lungo la stanza il pezzo di legno tutto tagliuzzato, esplode:

«E tu credi a quello che ti dice "Nasolungo" Pilenga, tre parole e cinque frottole? E tanto per capire, su che cosa avremmo litigato con Michele, secondo "So-tutto-io" Pilenga?» - E a chiusura della sfuriata la solita viscida risata di Leonardo -.

«Divergenze sugli OGM» - sono le rigide parole sputate tutto d'un fiato da Renzi -.

La grossa massa di capelli che avvolge la testa di Lorenzo è scossa da un fremito causato da quella che dovrebbe essere una risata, ma che in fondo è un rauco e catarroso rantolo. Una grossa manata sulla tavola la fa vibrare e scricchiolare, mentre nubi di polvere s'innalzano verso il soffitto.

Lorenzo, trattenendo con furia l'ira che fa dilatare a dismisura gli occhi celesti incastonati come due diademi nel suo glabro e simmetrico viso, alza di tono il vocione: «Quando rincontrerà "Non-so-farmi-i-cazzi-miei" Pilenga, gli deve ricordare che per fare coltivazioni con gli OGM occorrono distese di terra cinque volte il comune di Correggio, che le sementi sono sotto brevetto e costano un patrimonio e la produttività dei terreni decresce, considerato l'alto sfruttamento intensivo. Per non parlare… cazzo, dell'aumento dell'utilizzo di sostanze chimiche, guarda caso, brevettate sempre dalle stesse multinazionali. Secondo lei, Signorino Renzi, se avessimo tutti quei soldi vivremmo in questa casa?»

La risata da iena ridens di Leonardo pone la parola fine alla sfuriata.

Renzi trascrive freneticamente questo flusso di notizie e dopo un attimo azzarda un'ulteriore domanda: «Ma voi di che cosa vivete?»

È il turno di Leonardo che, per la prima volta, parla con voce altrettanto tenebrosa del gemello, ma con lucenti occhi turchini che brillano nel buio: «Noi siamo per la coltivazione tradizionale e rispettiamo il ciclo naturale delle stagioni. È inverno e noi ci riposiamo. Non seguiamo le stravaganti mode. Ti ricordi nostro padre?»

«Comunista convinto». - E il fratello alza verso la soffitta il pugno chiuso -. «Per ricordare a tutti la sua fede, nella bara si è fatto avvolgere nella bandiera rossa con i simboli della falce e martello».

«Ha studiato per filo e per segno la storia della CCCP ed andò a Mosca, prima che il colore rosso della bandiera socialista si sbiadisse in quello più tenue del capitalismo mascherato Russo».

«Eppure ebbe la forza di criticarli» - gli fa eco Lorenzo. Alza lo sguardo verso il soffitto e gli occhi diventano lucidi -. «Gli costò tantissimo quando... Quando ci disse "Mi raccomando, non seguite le orme di un Lysenko qualsiasi", ci raccontava tutte le sere che, anche se appoggiato da Stalin e da tutta la nomenclatura russa, ha portato in rovina l'economia del suo paese».

E così dicendo, torna a martoriare il pezzo di legno, mentre Leonardo, che pochi attimi prima aveva divelto un piolo dalla sedia rotta, ha ripreso già da un po' il suo lavoro. Renzi, capendo che non otterrà ulteriori informazioni, si alza e fa per uscire poi, sfidando gli dèi dell'universo, ma con tutta la naturalezza dell'incoscienza, si azzarda: «Come si scrive Lysenko?»

Un sibilo, e un coltello si conficca nello stipite della porta a cinque centimetri dalla testa del Carabiniere.

20

Grazioso, in piedi al banco del bar, sorseggia un caffè amaro e dopo aver pagato la camera, esce dalla trattoria. Fuori, un vento gelido lo ghermisce. Si stringe il colletto del cappotto e s'incammina verso la macchina. Rispetto al giorno precedente il viso è leggermente più rilassato. La prima fase di "decompressione" sta dando i primi risultati. Come se fosse un subacqueo che ha sbagliato qualche manovra, sta facendo un trattamento graduale dove cerca di smaltire le scorie di depressione e le schegge del passato. La nottata tranquilla ha avuto il potere di allentare le paure alimentate dai ricordi che hanno intaccato a dismisura la sua autostima. Mentalmente è convinto di uscirne vincitore, in vista dello scontro frontale con i fatti e i luoghi della sua gioventù. Sale in macchina, dove la temperatura polare lo immobilizza momentaneamente, gira la chiave e il motore fa il suo dovere al primo colpo. Grazioso sorride allo specchietto retrovisore, contento del fatto che in officina hanno rispettato alla lettera le sue indicazioni.

Parte, risale verso la strada principale dove una volta giunto allo stop, gira verso sinistra direzione Casina, ma con meta finale Marola. Dopo qualche chilometro, attraversato il centro abitato, iniziano i primi tornanti. Rivedere luoghi che furono teatro della sua gioventù gli fa scaturire dolci ricordi che bussano al cervello.

...Il vento accarezza i capelli dei due giovani che sui loro motorini stanno raggiungendo la collina reggiana...

Preparato a questo subdolo "attacco", rimane concentrato sulla guida e le avvisaglie di depressione cominciano a perdere il loro effetto. Superato il centro abitato di Marola, svolta a sinistra dove imbocca ripidi tornanti, come se dovesse scendere negli inferi di dantesca memoria. Una lunga e stretta viuzza lo porta ad un piccolo tratto pianeggiante che poi risale velocemente verso l'Abbazia Benedettina fondata dalla contessa Matilde di Canossa.

Parcheggia, respira a pieni polmoni un paio di volte e scende dall'auto. Il silenzio che si trova in questo luogo, e in qualsiasi stagione, è difficilmente riscontrabile in qualsiasi altro luogo di culto. È un silenzio di antica memoria che l'amenità del posto ha lasciato intatto in eredità. L'attacco del recente passato è però micidiale, fotogrammi nitidi scorrono velocemente su un fantomatico schermo.

...La Chiesa e il Convento sono gli unici edifici situati sulla cima del colle, abbracciati e difesi da boschi di castagni secolari. Tra le fronde il cinguettio degli uccelli fa da colonna sonora a questo luogo ameno, mentre la coda di uno scoiattolo sbuca da dietro una panchina. L'animaletto guarda i due ragazzi, si avvicina ad un frutto, lo prende con le due zampine e si arrampica velocemente su un tronco d'albero sparendo nel folto fogliame. Una leggera brezza che s'insinua tra gli alberi fa danzare le foglie.

Enrica smonta dal motorino e a bocca aperta guarda con ammirazione il luogo incantato che sembra scaturito da una favola, tanto è diverso dalla civiltà che bussa a pochissimi chilometri. Marco si avvicina da dietro, le stringe le spalle e le sussurra: «Assapora la pace che fluisce da questo eremo. Lasciati coinvolgere dalla natura e ascolta questo silenzio. Vivi con tutte le tue forze questa fiaba e liberati dalle tossine che avvelenano il mondo. Questo è il nostro mondo e tu ne sei la regina».

Enrica si gira, lacrime di gioia bagnano il suo viso e, con labbra tremanti, bacia Marco sulla bocca.

Ubriacati dalla natura, scendono a piedi lungo un fianco della montagna e si adagiano su un letto di foglie. Marco le accarezza i capelli e scostandoli nota alcune chiazze rossastre dietro l'orecchio e sul collo: «Avevi già notato questi arrossamenti?»

Enrica, sorpresa da questa domanda, risponde tranquillamente: «Il dottore ha detto che potrebbe essere uno sfogo causato da qualche cosa che ho mangiato. Passerà in pochi giorni, nulla di preoccupante...»

Marco la zittisce con un lungo e amorevole bacio. I due giovani abbracciati rotolano lungo il lieve pendio fino a fermarsi uno sopra l'altro in un piccolo spiazzo. Marco toglie una foglia dai capelli di Enrica e l'accarezza lungo i fianchi. Si gira e guarda il cielo azzurro che incornicia il sole splendente e comincia a canticchiare: «Vado al massimo, vado a gonfie...»

Enrica gli butta un ciuffo d'erba sul viso e comincia a sua volta a intonare: «Avrai, avrai...», ma non fa in tempo a pronunciare più di due parole che Marco la bacia con passione. Tutto il mondo è in religioso silenzio al cospetto dei due innamorati, mentre una nuvola scura, lentamente nasconde il sole...

Grazioso in un primo momento vacilla e si regge appoggiandosi ad un grosso albero. Il respiro affannoso lo intontisce poi, con forza, riprende la padronanza delle proprie azioni perché in cuor suo aveva già immaginato e "vissuto" decine di volte questa "lotta", ma questa volta vuole a tutti i costi gettare il cuore oltre l'ostacolo e, con passo via via più sicuro, si avvicina all'Abbazia. Alla sua sinistra il percorso della via Crucis che si perde dentro al bosco, è impraticabile dall'enorme quantità di neve. Si avvicina al portale di arenaria, mentre grevi note di organo risuonano dall'interno. Con mano malferma si appoggia alla porta che dolcemente si apre. Lo accolgono tre navate suddivise da colonne e da pilastri. Un poco di calore è dato dalle travi lignee che corrono lungo le navate. Si siede e i ricordi lanciano il loro ultimo e suicida attacco.

...Il ricordo della sua buffa espressione lo fa sorridere amaramente. Continua a vagare nella palude dei sogni che riportano a galla i pensieri e le speranze di allora: la voglia di scoprire il mondo mano nella mano, di esplorare i propri corpi, ma il tutto si sta miseramente accartocciando, lasciando un amaro in gola che verrà cancellato solo dalla pazzia. Desideri di una vita che si sgretolano, sogni che evaporano. L'infezione ha raggiunto il cervello e non le ha dato scampo, troncandole il futuro. La malattia, contratta in una trasfusione di sangue fatta in America, ha lasciato un tragico dono di nome AIDS. Enrica ha sofferto fino alla fine perché è sempre rimasta cosciente, ma senza lamentarsi. Orgogliosa. Ha potuto piangere sulla sua vita che le stava sfuggendo dalle dita, quelle dita che sperava di usare come strumento per modellare stupende sculture. Dita che Marco non ha potuto accarezzare perché la richiesta di licenza era stata respinta: non era un parente. Un altro peso che lo fa sprofondare ancora di più nell'oblio.

La morte mette in secondo piano tutte le cose futili di questa esistenza. Ti danni una vita a rincorrere il nulla perché, quando la morte ti scivola addosso, ogni punto fermo e tutte le bramosie svaniscono. Solo il ricordo delle cose piacevoli o delle persone che si è amato sono un lenitivo contro la voglia d'implodere. È grazie a queste ancore di salvezza che non ci sono suicidi di massa ogni giorno. In stato confusionale Marco si alza e barcollando si dirige verso la camerata. Il dolore gli ha fatto dimenticare il desiderio di farla finita. La lettera che scivolando dalle dita ha nascosto ai suoi occhi la pistola lo ha salvato. È bello pensare che è stato l'ultimo dono, l'estremo atto d'amore di Enrica.

Dalla tasca cade un pacchettino che rotola lontano, sospinto dal vento. Il cartoccio termina la sua corsa contro il muro della caserma e la carta che avvolgeva il contenuto si srotola...

Una gelida mano si posa sulla sua spalla e gli tronca il respiro. Non osa girarsi, ma ascolta le pesanti parole: «L'uomo si nutre di ricordi. Quelli brutti e dolorosi devono aiutarlo a migliorarsi nella vita di tutti i giorni. Quelli belli sono linfa vitale per continuare a rincorrerli. È giunto il momento di passare oltre ed iniziare un nuovo percorso, è il futuro, adesso, che ha bisogno di essere alimentato con nuovo e vigoroso nutrimento. Scrollati il passato e riprendi il tuo percorso».

La pressione sulla spalla si allenta e l'organo continua ad emettere la sua melodia. Grazioso si gira, ma la chiesa è deserta. Pensa di aver perso la ragione, ma il suo essere ateo non concepisce alcuna interferenza eterea. Si scrolla di dosso la paura e si convince che il suo "IO" ha combattuto, liberandosi finalmente del pesante fardello, e un rinfrancato Maresciallo si avvia verso l'uscita.

21

L'aroma di caffè s'insinua lungo i corridoi e le stanze della caserma dei Carabinieri. Renzi, che si è alzato di buon'ora, è in cucina e, mentre addenta una brioche, legge un foglio di giornale che aveva dentro il libro di psicanalisi e ne evidenzia con una biro rossa alcuni passaggi. Un Michele assonnato, seguendo il profumo del caffè entra nella stanza, mette in fila indiana il contenitore dello zucchero, il vasetto del miele e la scatola delle fette biscottate e pigramente si siede. Con pacatezza si rivolge a Renzi: «Che cosa c'è di così interessante in quella carta?»

«È un'intervista ad Hillman, che era uno psicanalista americano, morto qualche mese fa» - commenta un effervescente Appuntato -.

«E di grazia, che cosa c'è di curioso in uno strizzacervelli morto?»

«Era molto malato nel fisico, ma ha voluto fermamente restare pensante fino all'ultimo istante della sua vita in modo da poter analizzare se stesso nel momento del trapasso».

Noncurante di questa prova di vitalità, Michele scuote la testa, versa il residuo del tè nel buco del lavandino e sentenzia: «Alla fine è morto lo stesso, chissà che pensiero filosofico avrà avuto nel momento in cui ha incontrato il diavolo».

E strascicando i piedi esce lentamente dalla cucina. Renzi lo segue nell'ufficio, senza ribattere. Michele mette in fila alcune biro che sono sparpagliate sulla scrivania e si sedie placidamente. Con sguardo fumoso segue il collega e gli chiede con distaccato interesse: «Per quale motivo hai ricominciato a studiare?»

Mentre continua nella sua opera di allineamento di oggetti inerti. Buttando il libro su una poltrona, Renzi prende dalla tasca della giacca il libretto degli appunti e sbotta: «Sono alla ricerca di un'alternativa. Fino a ieri avevo dei dubbi sul lavoro del Carabiniere, poi la scarica di adrenalina mista a paura che ho provato mi ha convinto che questo mestiere è tanto affascinante quanto imprevedibile… e poi di sola cultura non si mangia».

«E di grazia, raccontami le tue indagini, novello Montalbano» - è il rilancio di un impassibile Michele che presta tutta la sua attenzione a due fogli che sono disallineati -.

«Sono convinto di una cosa: Nessuno mi ha raccontato la verità. Farri si trincera dietro al fatto che è appena arrivato a Correggio e non conosce nessuno. Impossibile, perché se lo hanno messo in quella posizione deve per forza avere degli agganci in zona».

Michele con una disinvoltura da ragazzino, pigia velocemente i tasti del computer e rende partecipe Renzi della ricerca: «Farri Erio, dopo essere partito da Correggio appena conclusa la guerra, si è trasferito a Bergamo dove ha vissuto fino a pochi giorni fa».

Renzi prende un foglio bianco dalla scrivania, trascrive l'informazione e legge ancora: «Pilenga Edoardo, mi ha fatto capire che i fratelli Scaltriti fossero dei deficienti, ma se quello che mi hanno raccontato sugli OMG fosse vero, anche solo per metà, hanno sicuramente una cultura superiore alla media».

Michele scrocchia le dita e come un fulmine digita una serie indescrivibile di lettere e riassume: «Il Pilenga è originario di Urgnano, paesino del Bergamasco, e pare che un suo lontano parente sia stato "pettinato" dai partigiani alla fine del conflitto, mentre per i fratelli Scaltriti c'è una denuncia per una frode alimentare. Hanno scontato una pena di sei mesi di carcere, nel 2011. Spacciavano per vino biologico del liquido ambrato, dove il costo più elevato era quello del contenitore in cartone. Acquistavano vino negli hard discount dove le etichette sono tutte diverse, ma il sapore del vino è sempre quello, poi avevano provveduto ad imbottigliarlo con la loro etichetta. Peccato che i due ragazzotti lo vendessero a dieci euro la bottiglia. Adesso vivono in centro a Correggio, in Corso Mazzini, e pare che siano diventati veri agricoltori».

Renzi emette un fischio mentre continua a prendere nota delle preziose informazioni: «E dimmi, guarda se è esistito un certo Lysenko, non so come si scrive...»

«Nessun problema» - lo soccorre un entusiasta Michele che con frenesia martoria i tasti. Pochi secondi, alcune schermate guardate velocemente e con sicurezza asserisce - «Ti riassumo. Ha rovinato l'economia russa, ma aveva l'appoggio di Stalin. La sua maggiore teoria era che innestando due piante ne sarebbe scaturita una nuova intermedia. Direi che era proprio un demente».

Renzi alza il capo dal foglio e guardandolo strano: «E questo è scritto nero su bianco su internet?»

«No, prima di firmare con l'Arma, ho frequentato il Motti, sezione agricoltura, e la prima cosa che ti spiegano è che innestando due piante di diversa specie, comunque ognuna mantiene la propria individualità» - è la conclusione di un volitivo Michele -.

Renzi sorride e spara l'ultima cartuccia: «Magari troviamo dove si è nascosto Sessi Marco, novello Robin Hood...»

Alcuni attimi, ma la rete non risponde. Renzi incredulo pensa e poi esterna ad alta voce: «Se non ne avessi visto la foto, direi che è un prodotto della fantasia di qualche sedicente scrittore...»

«La ricerca mi porta solamente alla Compagnia del Torrazzo, dove tu e il Maresciallo avete fatto visita… ma questa persona sembra conosciuta solo presso la compagnia… Sembra davvero che non esista. E guarda un po', non pensavo che in una gara ci fossero tanti… Ah, ecco come si chiamano, "Paglioni"…» - Afferma Michele -.

Incuriosito, Renzi si avvicina al monitor ed esclama: «Ma quel treppiede in legno che sorregge il bersaglio… Ce n'era uno simile nel cortile dei fratelli Scaltriti!»

I due Carabinieri si guardano disinçantati perché confusi dagli innumerevoli fronti che si sono aperti. È Renzi che cerca di dare un indirizzo alla giornata: «Io vado in centro perché mi è venuta un'idea, tu cerca di rintracciare il Maresciallo, gli spieghi la situazione nella quale ci siamo venuti a trovare e sollecitalo, per quanto possibile e con le dovute maniere, sul fatto che abbiamo bisogno della sua presenza». - L'Appuntato guarda l'orologio appeso al muro e mentalmente fa due conti -. «Ci sentiamo tra un paio di ore, se non ci saranno sviluppi imponderabili».

Un preoccupato Michele cerca di fermare lo strano sviluppo che sta prendendo tutta la vicenda: «Non sarebbe meglio rintracciare prima il Maresciallo e chiedergli come ci dobbiamo muovere?»

Con la mano sulla maniglia della porta, un rilassato Renzi lo tranquillizza: «Ieri, per ben due volte, mi sono visto passare la morte molto vicino e ti assicuro che non è una bella sensazione. Non credo che un paio di domande causeranno fatti irrimediabili, comunque terrò le antenne ben dritte!» - Esclama uscendo dall'ufficio -.

22

Renzi sa perfettamente che all'interno c'è qualcuno che lo sta guardando, perché ha visto muoversi una tenda e testardamente decide di risuonare il campanello. Si guarda in giro, la nebbia è fitta e rende tutto cereo e non si muove neanche la classica foglia. Alcuni attimi e la porta si apre con un cupo *clic*.

Finalmente si è deciso di aprire, è l'ultimo pensiero del giovane Carabiniere che, come entra, viene raggiunto da un fendente all'altezza del cuore. Apre la bocca, come per chiedere il perché di questa cosa e cerca di aggrapparsi all'aria con le dita, ma stringendo il pugno non trattiene nulla. Prova, con un ultimo sforzo, a incamerare aria, ma dalla gola sale un fiotto di sangue che gli cola lungo gli angoli della bocca. Gli occhi si velano di nebbia, le immagini si sfocano e da tremolanti diventano nere. Si accascia sul pavimento senza più muovere un muscolo, mentre il suo "IO" si svuota lentamente: è la dissoluzione dei vincoli, di tutte le necessità che in vita si pensa siano importanti. Le emozioni danno il passo al vuoto assoluto e non potrà raccontare a nessuno l'esperienza che ha condiviso con le entità pensanti che incontrerà nella nuova esistenza. Dall'interno del cappotto il telefonino comincia a lanciare squilli di richiamo, ma nessuno risponderà. Mai più.

Il telefonino del Maresciallo lancia bagliori di richiamo. Lo aveva messo in funzione silenziosa da due giorni, ma nessuno lo aveva ancora cercato. Esce dall'abbazia e nel cortile vede un bidone della spazzatura. Prende dalla tasca del cappotto una pallottola di carta stagnola e la getta con tutto il peso del passato nel contenitore. Rinfrancato dallo "svuotamento", risponde con piglio deciso. Ascolta e, man mano che capisce la situazione, stoppa con apprensione l'interlocutore.

«Michele, devi rintracciare Renzi, e digli di rientrare immediatamente in caserma. Non può mettersi a giocare a guardie e ladri, abbiamo a che fare con un assassino che non si fermerà davanti a nulla. Tienimi aggiornato, sarò a Correggio entro un'ora».

Sale velocemente sulla macchina e lo stridore delle gomme squarcia la tranquillità del luogo.

«Maresciallo, Renzi non risponde. Come mi devo muovere?» - È la lacerante richiesta d'aiuto di un impaurito Michele -.

«Con chi aveva appuntamento? Dove era diretto, per Dio?!»

«Non me lo ha comunicato, ha detto che aveva sviluppato una sua teoria, ma che sarebbe stato attento» - è l'inutile giustificazione di un singhiozzante Michele -. «Maresciallo cosa devo fare? Per favore, mi aiuti».

«Riunisci il maggior numero di Carabinieri che puoi e coinvolgi anche gli agenti della Polizia Municipale. Cerca di ricordare tutto quello che vi siete detti, ma aspettatemi» sono le ultime parole di uno sconfitto Maresciallo che pigia a fondo l'acceleratore, non per arrivare prima, ma per andare incontro più velocemente al nuovo demonio che si sta impossessando della sua ragione.

23

Michele aggiorna Grazioso sugli spostamenti di Renzi e sulle persone che aveva incontrato. Alla richiesta del Maresciallo di smontare dal servizio, il Carabiniere scelto rifiuta in modo categorico e, unendosi alla squadra che ha il compito di battere centimetro per centimetro Correggio e dintorni, sale in macchina.

Il piccolo corteo di tre automobili senza distintivi si avvicina al luogo che è stato individuato come il primo da visitare. La sequenza dei luoghi da ispezionare era stata pianificata nell'arco della giornata da Grazioso, che aveva spiegato come procedere: «Seguiremo le orme di Renzi, cioè faremo lo stesso giro percorso dall'Appuntato, quindi partiremo dalla Coldiretti e via via il resto. Occhi aperti e cervello collegato».

Quando le luci dei primi lampioni che si sono accesi cercano di perforare la fitta nebbia, l'unità di ricerca è all'imbocco della via del primo obiettivo, ma uno sbarramento impedisce al corteo di avvicinarsi alla sede della Coldiretti. Un posto di blocco dei Carabinieri ferma le auto. Grazioso scende dalla macchina che era in testa alla piccola colonna, mostra il distintivo e chiede spiegazioni.

«C'è un'azione del reparto dei NAS e stiamo effettuando un arresto. Dovete aspettare qui per non intralciare l'azione che, ormai, è giunta alla conclusione e per non farvi sparare contro in modo del tutto fortuito» - È la risposta perentoria del Brigadiere -.

Il Maresciallo, che non sta nella pelle, cerca di perorare la propria causa: «Stiamo cercando un Carabiniere, un vostro collega che è scomparso e c'è il rischio che il vostro intervento inquini le prove. Devo parlare con chi comanda l'azione».

«Mi dispiace, ma dovete aspettare. Pochi minuti e potrete parlare con il mio superiore».

Grazioso, come un animale ferito, cammina istericamente avanti e indietro senza sosta, prende il cellulare e digita il numero, ma nessuno risponde. Allarga le braccia in segno di sconforto, poi decide di sedersi in auto nel mutismo più assoluto.

È trascorsa un'ora quando viene tolto lo sbarramento. Il Maresciallo vede il Farri che si stringe nella giacca a vento lucida che risalta su un paio di eleganti pantaloni color nocciola. Dietro di sé lascia una lunga fila di impronte, sporcando la neve morbida con gli scarponi tutti infangati. Tiene il capo chino ed è scortato da due uomini in divisa. Il

Brigadiere che era al posto di blocco, parlottando con un sottotenente dei carabinieri, indica le tre macchine parcheggiate lungo la strada. Pochi attimi e una volante si affianca: dal finestrino spunta una testa.

«Sono il Sottotenente Di Pasquale, vorrei parlare con il Maresciallo Grazioso».

Dalla vettura scende un infreddolito e rassegnato Maresciallo: «Sono io».

«Prego, salga con me e vedrò cosa posso fare per il suo problema» - ordina Di Pasquale -. «Se le altre vetture ci vogliono seguire, nessun problema, dobbiamo fare un'altra perquisizione, ma che restino in coda».

Grazioso si rivolge ai suoi: «Chi è di turno torni in caserma, gli altri possono rientrare a casa. Ci aggiorniamo domani mattina, oramai la pista oltre che svanita è andata anche a puttane».

E sale sulla macchina di servizio.

«Così il vostro intervento alla Coldiretti ha fatto saltare tutta la nostra ricerca prima che avesse inizio». Un puntiglioso Maresciallo ha relazionato al superiore gli avvenimenti degli ultimi giorni e conclude: «Almeno potevate avvertirci, si poteva perseguire gli arresti, ma contemporaneamente preservare un probabile luogo del delitto».

«Perché lei è così sicuro che l'Appuntato Renzi sia stato ucciso?»

«Abbiamo a che fare con un uomo che ha già commesso un paio di delitti e si sente braccato. Un delitto in più per lui, a questo punto, non fa differenza» - È l'amara sentenza di Grazioso che si stringe la consunta faccia tra le mani -.

«Noi dovevamo intervenire tempestivamente, onde evitare fuga e inquinamento delle prove, l'azione è partita simultaneamente in diverse città del nord d'Italia e non potevamo mandare inviti».

Uno sguardo torvo del Maresciallo ammutolisce momentaneamente il Sottotenente, ma che in forza del suo grado continua: «Mi dispiace per la sua indagine. Se ci muoviamo velocemente potremo partecipare all'operazione che sta partendo presso la casa dei fratelli Scaltriti. Chiaramente la precedenza è il loro arresto, ma temo per le eventuali prove del passaggio dell'Appuntato, credo che con l'irruzione andranno perdute». Guarda l'orologio e prosegue: «A quest'ora anche l'altra squadra sarà già sul posto, attende un mio comando. Erano mesi che seguivamo il Farri e quando ha preso contatto con gli Scaltriti abbiamo deciso d'intervenire. Vuole venire a vedere l'esito?»

Grazioso decide di fare parte della spedizione, sperando in cuor suo di trovare Renzi.

24

Il Mi minore della sonata K 304 per violino e pianoforte scivola lungo i muri imbiancati. Il violino attacca la linea melodica, mentre il pianoforte comincia l'accompagnamento e due persone procedono nelle loro mansioni. Al centro della stanza, ancora impregnata dall'odore di vernice fresca, c'è un grande tavolo rettangolare sul quale sono appoggiate diverse bottiglie vuote. Lungo le pareti una miriade di bidoni e vasche d'acciaio contengono vino bianco e rosso. Una macchina etichettatrice sta facendo il proprio lavoro senza sosta. Leonardo, sghignazzando tra i denti, sta versando copiose quantità di zucchero dentro un barile pieno di vino rosso.

«Non mettere troppo zucchero, andrà a finire che produrremo del mosto dolciastro al posto di vino frizzante» - sbotta Lorenzo mentre è alle prese con acido cloridrico e solforico -.

L'espressione di Leonardo perde per un attimo il suo proverbiale sorriso e controbatte: «È più sicuro il mio zucchero che i tuoi miscugli da piccolo chimico». - E ne versa nel contenitore del vino bianco. Con un mestolone di legno mescola i tre ingredienti -. «Uscirà un vino rosé che sarà uno sballo» - commenta tutto soddisfatto -.

Lorenzo, leggendo le etichette apposte su due barattoli, scuote la testa: «Quando avrò trovato la giusta dose, allora sì, il mio vino sarà da premio Oscar. Sappi, caro mio, che l'aggiunta di acido solforico rende più fermentescibile lo zucchero aggiunto e, di conseguenza, più difficile da rilevare ad un'analisi chimica».

Leonardo alza il capo dalla vasca e guardandolo perplesso chiede: «Ti sei fumato l'impossibile per parlare in questo modo? Che cazzo vuol dire fermen... Che ne so io?»

«E io che ne so cosa vuol dire? L'importante è che quello che c'è scritto qui sia vero e che mi aiuti a produrre un ottimo vino finto. Invece tu ti ostini a torturami le orecchie con queste sonorità che non hanno nulla di melodioso, ma sembrano fatte apposta per un'anima ribelle, costantemente in lotta».

E si rituffa nella decifrazione del testo. Leonardo lo guarda con fare superiore e con boria, tipo gran rettore universitario, fa sfoggio del suo sapere: «Sappi, caro mio, che ascoltando musica classica, tanto per fare un nome qualunque, tipo Mozart, le mucche producono il 7,5% di latte in più e anche le piante diventano più belle».

Lorenzo, guardando in cagnesco il fratello, ciondola la testa, appoggia il libro sul tavolo e lo rimprovera: «Mucche e piante sono esseri viventi e anche molto sensibili, mentre...»

Leonardo, scoppiando in una sonora risata, non gli lascia finire la frase: «Anche il mio rosé è vivo e vegeto, guarda come bolle».

Fa il gesto di avvicinarsi alla vasca, quando un grosso tonfo che proviene dall'esterno attira la loro attenzione.

25

Gli uomini del Di Pasquale sono pronti per l'assalto alla casa colonica. Due posti di blocco sono stati posizionati, uno all'incrocio con via Budrio, l'altro a quello con via dei Ronchi. Una pattuglia è dislocata in zona Case Matte, nel caso i due ricercati prendano per la campagna, verso sud.

Potenti fari mobili sono stati innalzati e messi sul ponte che porta dentro il cortile, mentre Grazioso guarda l'evolversi delle operazioni restando seduto dentro la macchina di servizio. Una decina di Carabinieri in tenuta d'assalto, oltrepassano con cautela il mezzo cancello arrugginito, attraversano al buio lo spiazzo disseminato di ruderi che divide l'accesso dalla strada al portone dell'edificio. Silenziosamente si addossano al muro, cinque per parte, mentre il Luogotenente che guida l'operazione accende una piccola torcia elettrica e manda, in sequenza ravvicinata, tre segnali luminosi. Quasi simultaneamente i due fari illuminano a giorno l'azienda agricola, ma un fascio di luce comincia ad ondeggiare paurosamente e dopo pochi secondi un faro si schianta sulla neve con un sordo tonfo metallico.

Leonardo prende una mazza da baseball, seguito da Lorenzo che ha in mano un'accetta e ha spento la luce del "laboratorio". Si avviano timorosi lungo il buio corridoio e arrivano al portone. Leonardo appoggia l'orecchio al freddo legno, mentre con l'indice fa segno al fratello di non respirare. Una goccia di sudore fa capolino sulla fronte di Lorenzo. Non sentendo nulla, gira con circospezione la maniglia e fa per uscire.

I dieci Carabinieri, per nulla intimoriti dal contrattempo, si preparano all'assalto imbracciando le armi in dotazione. Il Brigadiere Lo Russo si avvicina al portone brandendo una mazza da quindici chili che userà come testa d'ariete per sfondare l'infisso di legno. Quando, come per magia, spinta da un refolo d'aria la porticina, che fa parte del più grosso e pesante portone, si apre verso l'interno. Senza aspettare, i Carabinieri si fiondano dentro alla casa colonica, pronti a tutto.

Appena aperta la porta, i due fratelli vengono investiti da un impaurito capriolo che si era spinto fino a valle alla ricerca di cibo. Lorenzo comincia ad urlare e l'animale sempre più terrorizzato si dilegua come un fulmine nella campagna circostante. Fuori, disteso sulla neve, vedono un più grosso ma inerme capriolo. Forse ha sbattuto la testa contro un mezzo agricolo non visto. I due fratelli si guardano attorno, poi trascinano l'animale dentro la casa.

I Carabinieri entrano di gran carriera, armi in pugno e cuore in gola, dentro la casa colonica e si diramano, due a due, verso corridoi e stanze desolatamente vuoti, rimanendo con un pugno di mosche in mano.

26

...L'intervento dei carabinieri del capoluogo lombardo, eseguito in collaborazione con i rispettivi colleghi di Alessandria, Brescia, Bergamo, Novara, Pavia e Torino, ha portato all'arresto di dieci persone e alla scoperta di una vera e propria associazione a delinquere nella quale sono coinvolti numerosi imprenditori di varie aziende vitivinicole della Lombardia e del Piemonte la cui attività era finalizzata alla produzione e commercializzazione di circa 5 milioni e mezzo di bottiglie di vino DOC contraffatto e alla omissione del pagamento delle relative imposte il cui valore complessivo si aggira attorno ai 9 milioni di euro. Un filone d'indagine è stato aperto anche a Correggio (RE), dove è stato arrestato il segretario della locale sezione della Coldiretti, Farri Erio, originario di Bergamo. Si era insediato da pochi giorni, ma aveva già preso contatti con due sedicenti agricoltori della zona, i fratelli Scaltriti che, già in passato, avevano avuto problemi di contraffazione. Al momento gli Scaltriti sono introvabili, ma le parole del Sottotenente Di Pasquale inducono ad un cauto ottimismo sul loro imminente arresto. Nella cronaca locale maggiori dettagli...

Grazioso scaglia il giornale lontano dalla scrivania e urla: «Ren...!» ma il nome gli muore sulla punta della lingua e si rivolge a Michele, intento a navigare in internet alla ricerca di notizie. «Quando potremo interrogare il Farri ed entrare nel suo ufficio?»

«Ho inoltrato la richiesta, ma in mancanza del ritrovamento del corpo di Renzi, sempre se è morto, noi non abbiamo nessuna priorità; in quanto al momento c'è solo un'indagine in corso ed è in mano a Di Pasquale» - borbotta un perplesso Carabiniere scelto -.

«Non farti strane illusioni» - lo redarguisce con durezza Grazioso -. «Sono ventiquattr'ore che non si hanno notizie di Renzi e ho un brutto presentimento. Quanti uomini ci sono a disposizione?»

Chinando il capo sulla tastiera, Michele snocciola l'elenco: «E con quelli richiamati dalla licenza arriviamo a nove persone operative».

«Bene». - Il Maresciallo si alza di scatto dalla scrivania -. «Non ci resta che andare a far visita al segretario della CIA, il Pilenga, l'unico che al momento non è ricercato per fatti recenti».

In quel mentre squilla il cellulare. Grazioso risponde e il viso diventa mortalmente pallido e la bocca si piega in una smorfia di sconforto.

«Va bene, arriviamo subito».

Il viottolo, la pista ciclabile numero 1 che si trova a ridosso del centro abitato di Correggio, era in origine la strada ferrata della ferrovia. Due alte siepi che s'intersecano con vecchi alberi lo nascondono a occhi indiscreti, affiancandolo per diverse decine di metri. Il lavoro della Scientifica è terminato e Grazioso, con le mani dentro le tasche del cappotto, chiede un primo rendiconto. È la Dottoressa che, prendendolo da parte, esterna i risultati dei primi esami.

«Il delitto è avvenuto in un altro luogo, il colpo inferto al cuore avrebbe arrossato la neve circostante, ma ne abbiamo trovato poco e solo sul corpo. Ad una prima analisi, un unico colpo da arma da taglio diretto in pieno petto. Nella ferita è stata trovata una freccia, ma è stata messa in un secondo momento perché ha la punta piccola e arrotondata, mentre sul corpo c'è un taglio netto. Un depistaggio o un macabro scherzo. La morte dovrebbe risalire a circa 24/36 ore fa, ma chiaramente devo fare l'autopsia. Serve altro?»

«No. Posso vedere il corpo prima che lo portino via?»

La Dottoressa mette alcuni attrezzi dentro una borsa, si toglie i guanti monouso e si rivolge ai ragazzi della sua squadra: «Lasciate passare il Maresciallo e venite qui un attimo».

Grazioso stringe la mano alla donna con un laconico «Grazie».

Il viso di Renzi è sereno: denota la totale tranquillità di una persona che non dovrebbe aver sofferto e neanche lontanamente immaginato che cosa le stesse succedendo. Grazioso appoggia un ginocchio sul freddo terreno di fianco al corpo esanime e con forza stringe nel pugno un mucchio di terra misto a neve che scaglia lontano contro la siepe.

«Maledetta terra, anche un figlio mi hai portato via».

Si alza e stancamente si avvia a piedi verso il centro città, lasciando agli altri il compito di terminare il lavoro. Il suo sarà quello di stanare l'assassino.

27

Grazioso entra nella cucina della caserma e il buon aroma di caffè lo rinvigorisce. Vede che Michele sta facendo colazione, si siede al suo fianco e, dopo aver addentato un pezzo di torta, chiede al giovane Carabiniere: «Che notizie dall'arresto dei fratelli Scaltriti?»

«Un buco nell'acqua» - lo aggiorna Michele con voce flebile, quasi un fischio -. «La casa era completamente vuota, dei fratelli neanche l'odore. L'unica cosa interessante nella perquisizione della stessa è che hanno trovato un arco e diversi tipi di frecce, sarebbe utile fare un confronto con quelle che hanno trafitto i pupazzi e rinvenuto sul cadavere di Renzi».

Grazioso si alza: «Accompagnami in ufficio e vediamo anche le ultime cose arrivate».

Michele dà un morso ad un pezzo di focaccia e lasciando la colazione a metà segue il Maresciallo.

La conversazione tra i due riprende in Caserma.

«Allora, qualche novità da Di Pasquale?» - Grazioso si siede sulla poltrona e si massaggia le tempie -.

Il Carabiniere scelto fa segno di no con la testa e posa due cartelline sulla scrivania del Maresciallo riassumendone il contenuto: «Nella prima c'è il referto su Santino Villa, lo ha stroncato una crisi respiratoria e non risulta un evidente motivo che l'abbia indotta. Nell'altra troverà l'elenco degli oggetti personali del Farri... Le solite cose: portafoglio, portamonete, blocchetto per appunti, agendina elettronica, chiavi di casa, dell'ufficio e cellulare sul quale stanno facendo i normali controlli».

«Fatti dare un reperto... anzi no, ci serve una freccia per tipo e anche l'arco trovato e convoca qualcuno del Torrazzo, qui in sede. Vediamo se ci potranno ancora essere utili. Il Pilenga, sono andati a prenderlo nella modalità che ho indicato?»

«Certamente... E oramai dovrebbero essere qui».

Grazioso le ha provate tutte, ma dall'uomo-grissino nessuna novità. Anche la messinscena del "prelievo" in pompa magna, da parte di due volanti, con armi in pugno da parte dei Carabinieri, poi l'attesa snervante di oltre due ore aspettando che il Maresciallo facesse colazione e leggesse le ultime notizie sui giornali, e le ripetute e ossessionanti domande che lo hanno investito nelle ultime tre ore, non hanno scalfito le sicurezze dell'uomo.

«Lei vorrebbe farmi credere che non c'è nessun collegamento tra le sue origini bergamasche e il Farri, che a Bergamo ci ha vissuto per sessant'anni e avete lavorato nello stesso settore? Bergamo non è una metropoli». - Occhi di fuoco scrutano un impassibile viso -. «E cosa mi dice della falsa pista sulla quale ha indirizzato l'Appuntato Renzi, dicendogli che i fratelli Scaltriti erano dei contadini deficienti, mentre abbiamo appurato che sono dei chimici provetti? Senza parlare della sua passione per i fatti oscuri avvenuti alla fine della Seconda Guerra Mondiale e, guarda caso, è stato ucciso un partigiano e anche i genitori degli Scaltriti... Non è che fossero ben visti in queste zone finita la guerra».

«Sono solo coincidenze, io non ho ucciso nessuno» - risponde un tranquillo Pilenga, senza cambiare posizione sulla scomoda sedia -. «E quando ho avuto a che fare con i fratelli... loro mi hanno dato l'impressione di essere due semplciotti. Mi avranno ingannato» - conclude con un sorriso di circostanza -. «Se non avete altro, io tornerei in ufficio, ho del lavoro arretrato da sbrigare».

«Lei pratica qualche sport, tiro con la carabina, con l'arco?»

Un grosso punto interrogativo si dipinge sul magro e scavato viso del Pilenga: «Non amo lo sport in nessuna delle sue forme, lo trovo un inutile passatempo. Meglio lo studio della storia recente, ci fa capire tante cose».

Grazioso con un gesto della mano indica all'uomo che può uscire. Mentre è sulla soglia della porta, tuttavia, lo richiama: «Rimanga a disposizione... Anche a me piacerebbe capire tante cose».

Michele rientra in ufficio dopo aver accompagnato Pilenga fuori dalla caserma e trova Grazioso intento a leggere il resoconto contenuto nelle due cartelline.

«Ora che c'è di mezzo un morto, spero che lascino lavorare anche noi» mormora alzando lo sguardo dai fogli.

Michele, perplesso, aziona la stampante e allungando un altro foglietto ne anticipa comunque il contenuto: «Sembra che la procura voglia unire le due indagini, manca solo, nero su bianco, chi dovrà dirigerle».

Il Maresciallo scatta dalla poltrona senza prendere il dispaccio.

«Prepara una macchina, subito! C'è qualcuno molto in alto che mi deve un piacere... è giunto il momento di riscuoterlo, se mi tolgono questa indagine lascio l'Arma... Per Dio! Domani mattina al mio rientro voglio sulla mia scrivania la relazione sulla bombola d'ossigeno del Villa... Era più sano lui del nuovo Papa».

28

Al rientro dalla spedizione bolognese, un rinfrancato Grazioso decide di non andare in Caserma, ma considerato l'orario si dirige al ristorante *Olimpia* a consumare una veloce cena. Terminata, si ricorda che il caffè si prende al bar della bocciofila direttamente collegato al ristorante, quindi paga e passa nel locale adiacente. Sorseggia il caffè e vede che c'è una sedia a rotelle vuota. Si affaccia alla balaustra e scruta il piano sottostante dove ci sono campi da bocce desolati: due persone che giocano a biliardo e al centro un gruppetto che gioca a carte. Riconosce gli amici dei defunti Villa e Franzosi e pensa che una sbirciatina alla partita ascoltando "vox populi" sarà un utile aggiornamento sulle ultime novità, quindi scende gli scalini dirigendosi verso il tavolo.

«Dai Fernando, non stai contando i soldi dei tuoi ex clienti, tra un po' se continui a mescolare le carte uscirà del burro dal mazzo» - lo sollecita scherzosamente Mentore, suo compagno di gioco -.

«Senti chi parla» - ribatte iniziando a distribuire le carte -. «Proprio tu, che nella tua vita hai sudato solo quando eri in vacanza al mare, e che lavoro sarà mai stato quello del maestro di scuola elementare, per di più baby pensionato a quarantacinque anni?»

Artemio cala una carta e si rivolge al proprio compagno che Grazioso non conosce: «Aspetta a giocare la tua, che vediamo cosa dicono questi due».

Mentore cala a propria volta e commenta: «Con questa, se vogliono prenderla, devono per forza giocare una briscola, è quasi in cassaforte».

Il loro nuovo amico non ci pensa due volte e calando una briscola raccoglie tutte le carte sul tavolo. «Il tuo è stato un tiro mancino, mi avevi fatto segno che non ne avevi» - esclama Artemio, piacevolmente sorpreso dalla giocata del compagno che, finalmente, decide di parlare -. «Sorpresa! Come la freccia che hanno trovato sul corpo del povero Carabiniere; ma secondo voi, a Correggio, quante persone s'intendono di tiro con l'arco?» E gioca una nuova carta.

«Ci vado sopra io al due di bastoni, tieniti pronto a calare un carico. Però ultimamente hanno infilzato diversi pupazzi di Babbo Natale, forse c'è un pazzo in giro» - dichiara Fernando -.

Artemio guarda negli occhi il suo compagno che gli risponde: «Vai liscio, che Mentore ha pochi punti in mano. Secondo me, quella dei pupazzi è una bravata, mentre la freccia sul Carabiniere è un depistaggio, come quando prima vi ho fatto credere di non avere briscole in mano». - E si lascia andare ad una grassa risata, poi sorseggia un goccio di Lambrusco -.

«Anch'io sono bravo a bluffare» - ribatte tutto contento Mentore mentre cala un carico da undici -. «A proposito dei fratelli Scaltriti, sapete che i loro zii, i Campanili di San Biagio, gli hanno lasciato un podere vicino al Tresinaro? Peccato che la casa sia semidiroccata».

«E questo cosa c'entra?» - Chiede Fernando -.

«Semplice, se l'Arma non avesse gli occhi foderati di mortadella avrebbero già trovato il collegamento».

«Se sapessero fare due più due, in giro non ci sarebbe neanche un delinquente» - e cala a sua volta una carta -.

Mentre il Maresciallo come un fulmine sale le scale, Gaeta Umberto, con i primi evidenti segnali di Alzheimer, fino a quel momento zitto, spara ad alta voce: *«L'a sughè la Pastorino?»*

Uscito dalla bocciofila, l'umidità si avvinghia ai vestiti e alla poca pelle scoperta del Maresciallo, che via cellulare scuote dal torpore Michele: «Allerta tutti quelli disponibili, domani mattina alle cinque faremo un'irruzione in una casa a San Biagio e per domani alle undici voglio in caserma almeno un dirigente del Torrazzo e tutte le frecce che sono state rinvenute in questi giorni. Smuovi anche il Presidente della Repubblica se necessario, ma dobbiamo avere tutte le frecce incriminate».

Un attonito Michele cerca con ironia di porre un freno all'ondata anomala di ordini: «Signor Maresciallo, ha letto nella sfera di cristallo o ha parlato con un oracolo?»

Un pimpante Grazioso sorvola sulla battuta e chiude: «È la mia rete di fidati ed esperti informatori, dislocati sul territorio, che mi sgancia preziose informazioni… e dimenticavo, mi deve anche trovare il podere dei Campanili di San Biagio».

«Devo avvertire il Sottotenente Di Pasquale?»

La pungente risposta del Maresciallo: «Di Pasquale chi?» fuga ogni dubbio su chi condurrà le danze.

29

Mancano pochi minuti all'alba. Sarà prerogativa della nebbia decidere se e quando rendere visibile il sole ai comuni mortali. Le indicazioni del Maresciallo, precise e dettagliate, sono state memorizzate e messe sul campo dai Carabinieri: un posto di blocco sul piccolo ponte, oltre al quale c'è il podere dei Campanili, là dove via Pio La Torre si dirama in via San Biagio e Sinistra Tresinaro, un altro in via Vecchia Geminiola e l'ultimo in via Fossa Faiella, in modo da disegnare un quadrilatero intorno alla zona rossa, simile al sistema difensivo austriaco nel Lombardo-Veneto. L'unica differenza è il torrente Tresinaro che deve reggere il confronto con i nobili e più altolocati Po e Adige, mentre la strategia di Grazioso non ha nulla da invidiare a quella del miglior Napoleone Bonaparte.

Una decina di spettrali figure attraversano a piedi il ponte, superano la sbarra che chiude l'entrata al cortile della dormiente casa colonica, quando un airone cenerino, disturbato da tanta gente, stende le sue lunghe ali e pigramente si libra nell'aria. Come se fosse un segnale prestabilito, dall'interno dello stabile si sente un motore che, dopo il sussulto dell'accensione, aumenta in modo esponenziale il numero dei giri. Un portone si apre e dopo pochi attimi un quad sfreccia verso l'aperta campagna, scompigliando tutte le mosse studiate a tavolino. Poche decine di metri, ma vuoi per il peso, per la poca visibilità o per il fato, il mezzo motorizzato s'inabissa in un fossato e due ombre vengono disarcionate. Assorbito lo stupore iniziale, la squadra dei Carabinieri si lancia in un forsennato inseguimento. Il terreno, reso duro dalla nottata polare, ora è scivoloso là dove l'acqua di giorno è poltiglia.

Il Brigadiere Francioso, slogandosi la caviglia, finisce disteso come una marionetta alla quale hanno tagliato i fili. È la prima vittima sacrificale. Il Vicebrigadiere Balduzzi, distratto dal capitombolo del compagno, finisce dritto contro una siepe di rovi resa invisibile dalla brina che la ricopriva e dalla nebbia che la celava, facendosi un'infinità di piccolissimi e dolorosissimi tagli. Il Carabiniere semplice Paletta s'inabissa in un fossato d'irrigazione fratturandosi in più punti il polso sinistro, che aveva avuto l'ardore di attutire la caduta degli oltre novanta chili dell'uomo. Grazioso, contando le perdite, incita con veemenza il resto dei "cacciatori" che pesantemente avanzano nell'insidiosa campagna.

Una delle due figure sbalzate dal quad si rotola dolorosamente nella neve imprecando tutte le figure mitologiche partorite dalla fertile mente dell'uomo, mentre l'altra claudicante cerca di dileguarsi nella semioscurità, lanciando risa isteriche. Per due Carabinieri è un gioco da ragazzi immobilizzare la figura dolorante, mentre Grazioso, sentendo le risa e pensando mentalmente alla cartina della zona, fa segno ai Brigadieri Felice e Zuppalà di allargarsi verso destra in modo da indurre il fuggitivo verso il posto di blocco di via Sinistra Tresinaro. Poi, accorgendosi che all'appello manca il Vicebrigadiere Mutolo, si ferma, si gira, e lo vede ansimante, chino sulle gambe con le braccia che fanno da perno sulle ginocchia, e il prominente stomaco che ondeggia ritmicamente dentro la divisa.

Grazioso, allargando le braccia in segno di sconforto, riprende l'inseguimento. Dal canto suo il fuggiasco Leonardo, sputando l'anima in una disperata corsa zoppicante, si accorge della manovra dei due Carabinieri e devia verso la sua sinistra, ma dopo poche decine di metri si trova la via di fuga sbarrata dal torrente Tresinaro che, anche se piccolo nel suo alveo, è impossibile da scavalcare con un balzo anche con entrambe le gambe sane. Un attimo d'esitazione e su di lui plana - o meglio, scivola in maniera scomposta - il Maresciallo che lo abbatte come un birillo. Felice e Zuppalà si catapultano loro malgrado sui due uomini che si stanno azzuffando e ne nasce un groviglio umano che neanche un ispirato Picasso avrebbe potuto immaginare e immortalare su tela.

La zona è illuminata a giorno grazie alle danzanti luci lampeggianti dei mezzi di soccorso. Due volontari della Croce Rossa issano l'ultima barella dentro l'autoambulanza arrivata in aiuto dalla vicina Carpi e anche Novellara ha dato il suo contributo, considerato l'alto numero di combattenti claudicanti. Qualche minuto di frenetico lavorio per transennare la zona e uno stridore di gomme, impreziositi da una fanfara di sirene che si affievoliscono, allontana il corteo di mezzi dalla campagna. Luci e rumori, degna coreografia di un remake di Pearl Harbor, si smorzano, lasciando nel completo silenzio il terreno della contesa, che verrà tramandata ai posteri come la "Prima campagna di San Biagio".

L'airone cenerino, sbattendo stancamente le ali, fa rientro alla sua dimora.

30

Una scia di fango porta all'ufficio, pesantemente pregno di un odore misto muffa-umidità-terra bagnata-sudore, dove un lercio Grazioso sta sorseggiando una tazza di tè bollente, mentre con la mano si massaggia un polpaccio che spunta da uno squarcio che ha aperto in due i pantaloni d'ordinanza. Il terriccio che ricopre buona parte del viso è simile ad una maschera di fanghi antirughe, mancano solo due fette rotonde di cetriolo sugli occhi arrossati, contornati da profonde occhiaie nere. Un raffreddato Michele che, grazie all'improvvisa febbre ha evitato la scampagnata notturna, arricciando il naso che è stato assalito dall'intenso fetore, posiziona sulla scrivania diverse frecce imbustate singolarmente e dalle quali spuntano dei cartellini d'identificazione.

«C'è in saletta il Signor Carlo, Dirigente del Torrazzo» - si decide ad infrangere il silenzio, dopo aver guardato sott'occhi il Maresciallo -. «Lo faccio passare in un altro momento?».

Grazioso alza con uno sforzo immane il capo e con voce ruvida, che arriva direttamente dall'oltretomba: «No, fallo accomodare. Lo aggiornerai e gli spiegherai che cosa vogliamo da lui, io ascolterò e interverrò solo se necessario. Non abbiamo tempo da perdere».

Il sorriso, che è parte integrante della persona che è appena entrata in ufficio, sfiorisce appena incontra lo sguardo di Grazioso e, resosi conto delle pessime condizioni del Maresciallo, l'uomo si arresta e fa il gesto di chiedere, ma l'Appuntato spiega: «Nessun problema. Il Maresciallo è rientrato da un'importante operazione notturna. Resterà in ascolto su quanto ci potrà dire in riferimento a questi diversi tipi di frecce che abbiamo trovato disseminate in varie scene del crimine».

Il Carabiniere scelto lo accompagna alla scrivania dove sono in bella mostra tutti i reperti. Carlo li prende in mano soppesandoli, scruta con occhio indagatore la fattura delle frecce e, con fare convinto, le divide in due mucchi e si volta verso il Maresciallo che, però, ha chiuso gli occhi e ha cominciato a russare.

Ci vorrebbe un paranco per aprire le palpebre e una maxiaspirina tripla per attenuare il mal di testa, ma Grazioso si fa forza sugli avambracci e alza il busto dal letto. Con mano tremante, accende la luce e con sguardo annebbiato legge l'ora sulla sveglia: le undici e trenta di sera o di mattina? Fa mente locale e, con calma, le varie tessere assonnate si ridestano e diligentemente s'incastrano fra loro dandogli la possibilità di connettersi con il mondo reale e, appena la spia si accende, cerca di scattare giù dal letto. Centinaia di dolorini, tuttavia, che partono dalla punta del piede fino ad arrivare al collo martoriato prima dalla rovinosa caduta nel bar e poi dalla lotta con Leonardo, gli troncano il respiro.

Pochi attimi di sconforto poi, rigido come un baccalà, si lascia scivolare sul pavimento, con sforzi inauditi si mette in piedi aiutandosi con la forza delle braccia e, strascicando i piedi, entra nel bagno. Non osa guardarsi allo specchio, si sciacqua alla meno peggio la faccia con acqua gelida, butta giù a secco una miriade di pastiglie colorate e, ritornato in camera, si veste. Con passo claudicante si dirige verso il proprio ufficio. Entra nella stanza vuota e, appoggiandosi per non cadere, raggiunge la scrivania e con dolorosa pesantezza si siede. Chiama con la linea interna e aspetta.

Cinque minuti d'attesa e un trafelato Michele arriva con un vassoio contenente un bricco di caffè ultrabollente e fette biscottate già imburrate e cosparse di marmellata. Un triste sorriso spunta dal viso emaciato di Grazioso che addenta voracemente una fetta biscottata, mentre con sguardo inquisitore sollecita Michele ad un rendiconto sui fatti avvenuti nelle ultime ore. Sicuro di sé, ha mentalmente ripassato la lezione una decina di volte ed espone con chiarezza gli sviluppi:

«Lorenzo Scaltriti ha due costole rotte e una spalla lussata ed è piantonato in ospedale, mentre Leonardo è in attesa di essere interrogato. Presso la casa colonica di San Biagio abbiamo trovato e sequestrato un piccolo ma attrezzato laboratorio chimico che veniva utilizzato dai due per produrre vino, lambrusco e sangiovese DOC per il mercato interno e i più prestigiosi Chianti e Barbera per il mercato estero. Tutto è documentato con particolare cura dai due su un registro e abbiamo trovato pile di false etichette dei vini. Grazie a dei kit di polverine magiche con l'aggiunta di acqua, zucchero e trucioli di legno di dubbia provenienza, era notevole la produzione fai-da-te di vino taroccato a costi irrisori. Inoltre…» - Michele alza gli occhi al soffitto -. «Le frecce rinvenute sui vari luoghi sono di due tipi. Quelle che hanno trapassato i Babbi Natale sono di ottima qualità e professionali, mentre quella trovata sul corpo di Renzi e di fianco al Villa sono di pessima fattura. In pratica sono dardi giocattolo che si possono acquistare per pochi euro ad esempio a San Marino o Castell'Arquato. Si tratta di un vero e proprio depistaggio... e poi, ecco la prova del nove».

Si alza e prende in mano l'arco rinvenuto nella casa colonica dei fratelli Scaltriti. Con la mano destra lo impugna e con la sinistra prende la freccia giocattolo, aggrotta la fronte alla ricerca della giusta sequenza che gli aveva spiegato Carlo, si gratta la testa con la punta della freccia e guarda stranito i due oggetti.

Finalmente s'illumina una lampadina e si passa i due reperti da una mano all'altra. Incocca goffamente la freccia e comincia a tendere l'arco, ma tutto ad un tratto la freccia cade sul pavimento. Soddisfatto ripone gli oggetti sulla scrivania e sul viso si dipinge un sorriso trionfale. Grazioso lo scruta basito e ironicamente inscena un applauso.

«E con questa pessima dimostrazione che risultato abbiamo ottenuto?»

«Semplice, queste due frecce non possono essere usate con l'arco degli Scaltriti perché troppo corte. L'allungo della corda non è proporzionale con queste frecce che, non essendo della lunghezza giusta, sono inutilizzabili. Quindi sono state messe nella loro casa per incolparli ingiustamente. Ha avuto una brillante intuizione, signor Maresciallo».

Grazioso alza una spalla, la meno dolorante, e muove la mano in segno di modestia.

Michele completa il quadro: «Le indagini sono tutte in mano nostra perché Di Pasquale è rientrato all'ovile. Il Farri è in carcere in attesa della convalida dell'arresto e del nostro interrogatorio. Anche il Pilenga è a nostra disposizione, come i due fratelli. Da dove partiamo?»

Arriva la risposta solo dopo la quarta fetta biscottata ingerita e due tazzone stile USA di caffè tracannate avidamente.

«Chi aiutava i fratelli?» - È il semplice quesito posto da un Grazioso leggermente rinfrancato -. «Da soli non sarebbero stati in grado di commercializzare la loro produzione. Il Farri o il Pilenga, o tutti e due? Un tratto d'unione potrebbe essere Bergamo, città che li accomuna. Il Farri è dentro, come uno dei due fratelli Scaltriti. Bene, chiedi l'autorizzazione per poterli interrogare e un mandato di perquisizione della sede dove lavora e anche dell'abitazione del Pilenga. Questa volta non ce lo faremo sfuggire. Azione».

31

«Lei non me la racconta giusta» - afferma un ispirato Grazioso che tiene inchiodato sulla sedia da più di un'ora il Pilenga. Con l'indice accusatore, che pochi attimi prima aveva rivolto all'uomo, ora tamburella su un plico di documenti -. «Lei ha dato da intendere al povero Renzi che i fratelli Scaltriti fossero degli incompetenti, portandolo su una falsa pista» e girandosi verso Michele «abbiamo la testimonianza del qui presente Carabiniere scelto Caruso».

Caruso a sua volta annuisce.

«Lei è, o meglio era, in combutta con loro e gli ha dato appoggio logistico per la spedizione del vino taroccato, ma deve essere successo qualcosa e ha pensato di toglierli di mezzo e tenersi tutta la torta».

Un tranquillo Pilenga ribatte con calma alle accuse: «Ve l'ho già spiegato l'altro giorno, conosco appena gli Scaltriti, perché erano passati in sede a chiedere informazioni e l'impressione che mi avevano dato, è quella che ho espresso all'Appuntato… e poi non avete prove che mi colleghino a loro».

Un sorriso sornione splende sul viso del Maresciallo che prende in mano un foglio e lo porge all'accusato.

«Questa, secondo lei, che cos'è?»

L'uomo legge il documento e sorridente controbatte: «È una semplicissima multa».

«Che abbiamo trovato nella cassetta della posta di casa sua quando abbiamo fatto la perquisizione».

«E con questo?»

«La contravvenzione dice che lei girava senza casco con un quad che, guarda caso, è quello che stavano usando i fratelli Scaltriti la notte del loro arresto».

«Lo avranno rubato e, con tutti questi interrogatori che ho subito negli ultimi giorni, non me ne sarò accorto».

«Non credo proprio» - È la trionfale battuta del Maresciallo che prende un altro documento insieme a una foto -. «Su questo foglio c'è scritto che non possiede garage, neanche in affitto, come non c'è posto presso la sede della CIA» - e sventolando la foto che poi porge all'uomo - «qui è lei in posa sul quad e… Vede lì, alla sua sinistra? È il ponte che porta al podere dei fratelli, me lo può spiegare?»

L'uomo, messo con le spalle al muro, si gratta l'ispida barba, si morsica un labbro, con l'indice e il pollice si massaggia gli occhi, poi decide di parlare.

«Volevano il 75% del ricavo delle vendite del vino taroccato, in caso contrario avrebbero sparso la voce sulle mie attività illecite, tanto loro non avevano nulla da perdere, ero io quello con la fedina pulita. Ho cercato con discrezione d'indirizzare il Renzi, sperando di spaventarli, ma tutto è andato a rotoli».

«O forse volevano che girasse la notizia che lei ha ucciso il Franzosi e l'Appuntato» - È la conclusione di un sicuro Maresciallo -.

Il Pilenga si alza come una furia dalla sedia.

«State cercando un capro espiatorio, io non ho ucciso nessuno! Non avete nessuna prova, perché non ce ne sono. Io tarocco il vino, ma non sono un assassino. Non potete incolparmi di cose che non ho fatto».

Grazioso continua l'attacco: «Lei ha sempre detto che non conosce il Farri, che è stato arrestato sempre per la sofisticazione del vino, mi riesce veramente difficile credere alla sua affermazione».

Pilenga non ha la forza di controbattere. Michele e Zuppalà lo prendono per le spalle e lo costringono a risedersi. L'uomo china il capo e si ammutolisce. Grazioso, conscio del momento propizio, scocca l'assalto finale.

«Lei ha la casa piena di libri e cimeli che inneggiano al fascismo, sicuramente ha avuto un diverbio con il povero Acquasanta e lo ha ucciso in un momento d'ira... poi, visto che era stato scoperto da Renzi, non le è restato che completare l'opera».

Il Pilenga scuote la testa in un moto di diniego.

«Io non sono un assassino, non avete prove contro di me» - continua nella sua strenua autodifesa scandendo bene le parole -. «Io non ho ucciso nessuno... forse quei tre erano d'accordo e mi stavano raggirando» - dice cominciando a piangere -.

Grazioso, per nulla intenerito dal pianto, fa segno a Zuppalà di prendere l'imputato e conclude: «Portatelo via». Stancamente quello si alza dalla sedia e con fare sommesso allunga le mani in attesa delle manette, ma Grazioso scuote la testa. Zuppalà, ponendogli una mano su una spalla, lo accompagna fuori dall'ufficio. Stanza che sprofonda nel silenzio assoluto.

32

Non riesce ad abituarsi al silenzio che lo circonda. A stento ricorda quando fu l'ultima volta che rimase inoperoso e non è un bel ricordo. Vito torna con i ricordi, quando ancora ragazzino venne catapultato, suo malgrado, in Francia ad arruolarsi nella Legione Straniera. Da allora di morti ammazzati ne sono passati sotto i suoi occhi, ma per nessuno di loro prova compassione. Chi più, chi meno aveva fatto un torto che meritava di essere ucciso. E poi, lui di angherie durante la leva forzata ne aveva subito di ogni sorta, come affrontare le punizioni corporali subite da parte di un superiore, spesso per futili motivi. Con il tempo le imparò ad affrontare nel modo migliore: tendendo i muscoli, senza mostrare di patire dolore e aspettare che il carnefice si annoiasse. Sogghigna al ricordo, ma poi pensa che qualcosa gli è rimasto e che gli manca: lo spirito di corpo.

Come quella volta che, per un errore di uno, aveva bevuto un sorso d'acqua senza permesso, tutti subirono la punizione... e che punizione! Il caporale lanciò delle pietre mirandoli alla faccia.

Questa è la *"camaraderie"*, che univa i Legionari in una specie di fratellanza. E poi, l'assoluta mancanza di paura. Mancanza di paura che sfocia nella follia, come quella volta che...

La bolla di ricordi scoppia punta dallo squillo del telefonino. Legge il messaggio e gli occhi brillano: *"Finalmente qualcosa si muove"*.

«Finalmente qualcosa si muove» - commenta Grazioso leggendo gli ultimi fogli arrivati da Bologna -. «La mia visita al comando di Bologna sta generando i primi frutti». Sospira e guarda dritto negli occhi di Michele: «Ci faranno sapere del contenuto della cassetta di sicurezza rinvenuta tra le macerie della casa. Pare che Vito Sciatta sia più sfuggente di un'anguilla, qualcuno molto in alto lo sta coprendo, ma più aumentano i crimini che compie, più il muro di gomma che lo difende si sta sgretolando. Voci di corridoio bisbigliano che ha prestato servizio per il governo francese in operazioni coperte dal segreto di Stato».

Si gratta la fronte e poi scuote la testa.

«Solo se minacci di mettere a nudo qualche fatto poco pulito si ottiene un minimo di collaborazione» - prosegue -. «Questo non è un bene, per il fatto che, se qualcuno ha qualcosa di più grosso, vieni pugnalato alle spalle. Sarà...» - Prende in mano un pizzino -. «E il comando delle indagini, qui a Correggio, dovrebbe tornare in mano nostra. Non ci resta che aspettare».

Prende dal cassetto della scrivania un accendino e brucia il foglietto. Mentre il messaggio va in fumo il viso di Grazioso assume un'espressione compiaciuta.

Mentre Grazioso rimette tutti i documenti dentro la cartellina, Michele perplesso ripensa alle parole dette dall'inquisito e dopo qualche minuto espone il proprio dubbio: «Se permette, vorrei dire qualcosa su quanto ho sentito prima».

Grazioso lo guarda e lo invita a continuare. Nello stesso istante, squilla il telefono fisso del Maresciallo che, indispettito dell'interruzione, prende nervosamente in mano la cornetta.

«Cosa c'è di così importante?» - Ringhia. Si concentra su quanto gli viene riferito, pochi attimi e interrompe la persona che è all'altro capo del telefono -. «Quanti anni ha questa donna?»

Ascolta la risposta e malvolentieri acconsente che entri una nuova testimone.

«Michele, dobbiamo ascoltare una testimonianza riguardante il nostro giustiziere di pupazzi, speriamo di non perdere ulteriore tempo».

La porta dell'ufficio si apre ed entra con passo fluente una biondissima e sculettante trentenne dall'aria decisa, che lascia dietro di sé una potente scia di dolce profumo che stecchirebbe anche un eunuco. Si dirige senza tentennamenti verso il Maresciallo, allunga flemmaticamente la mano per ricevere un fugace bacio e si siede accavallando le lisce e flessuose gambe.

Michele deglutisce e, prendendo in mano il foglio per trascrivere la deposizione, fa cadere goffamente una miriade di biro, timbri e graffette. Si china e velocemente recupera tutto e lo ripone alla meno peggio sulla scrivania. Grazioso, per nulla impressionato da tanta mercanzia, fa la domanda di rito: «Con chi abbiamo il piacere di parlare?»

Un grosso respiro, e una quarta abbondante fa innalzare la maglietta attillata della donna che sicura di sé si presenta: «Sono la dottoressa Zola, presto il mio servizio presso l'Arcispedale S. Maria e, leggendo gli articoli sull'arciere pazzo che imperversa su Correggio, mi sono fatta un'idea e ve la vorrei esporre».

Il Maresciallo incrocia le dita sotto il mento, sempre più perplesso.

«Sono tutt'orecchi, mi dica».

«Il vostro uomo soffre della sindrome di Highlander»- - Una pausa ad effetto per far decantare l'importante affermazione -. «È una malattia che colpisce gli over 40 nostalgici di gioventù».

I gomiti di Grazioso scivolano giù dalla scrivania e l'improvviso contraccolpo alla testa riacutizza il dolore alla base del cranio.

«Mi scusi, ero talmente concentrato che ho perso l'equilibrio» - si giustifica ironicamente, ma una smorfia scolpisce il suo viso -. «Continui pure nella sua interessantissima esposizione». E si massaggia il collo.

La donna, per nulla turbata dal piccolo incidente, si accomoda sulla poltrona e prosegue come se non fosse successo nulla: «Il vostro uomo soffre sicuramente di questa malattia che associata alla sindrome della "fretta", può far sorgere nell'individuo la convinzione che il costante esercizio fisico possa preservare da qualsiasi patologia, e questa certezza porta alla costante ricerca di migliorare le prestazioni ottenute nella giovane età. Si passa dagli sport di "contatto", tipo calcio, a quelli individuali tipo ciclismo oppure, in questo caso, tiro con l'arco. L'individuo si persuade di essere un "Highlander", cioè immortale, e a lungo andare può autolesionarsi. Sicuramente non è pericoloso per la comunità».

Un dubbioso Grazioso guarda sott'occhio Michele che risponde con un gesto eloquente: l'indice puntato alla tempia.

«Questa sua dotta disamina del problema mi fa sorgere tre domande» - si rivolge alla signora Zola con tono scocciato -. «Due gliele pongo con curiosità: cosa c'entra la sindrome della fretta? E perché il nostro uomo non dovrebbe essere pericoloso?»

Un sorriso luccicante mette in risalto una perfetta dentatura, quasi che ogni dente fosse stato costruito in simbiosi con quello vicino e rinfrancata la donna prosegue nella sua esposizione: «Mi fa piacere aver catturato la vostra attenzione. La sindrome della "fretta", che non le sto a spiegare perché intuibile, è la giusta diagnosi in quanto nella nostra società è passata l'equazione, mi permetta di usare questo termine, del "tutto e subito". Pertanto il vostro uomo, stressato e iperattivo, non ha tempo che la notte per allenarsi e come bersaglio utilizza i pupazzi. Non è pericoloso perché l'Highlander è destinato a far del male unicamente a se stesso con il troppo allenamento». - Si ferma un attimo pensierosa e un brillio spunta dagli occhi grigi -. «Ecco, un'altra ipotesi potrebbe essere che ha avuto, in età infantile, una disfunzione causata da un mancato regalo, e in questo caso potremmo associare i pupazzi alla sindrome...»

«Vorrei farle la terza domanda, posso?» - La interrompe Grazioso -. «Certamente».

«Lei può dirmi anche dove lo posso trovare?»

La donna presa in contropiede resta basita e con arroganza si alza dalla poltrona.

«Io non mi sporco le mani con le cose futili di tutti i giorni. Io sono nata per formulare teorie e dare delle indicazioni. Il lavoro "manuale" non è consono alla mia indole».

Con un gesto teatrale si sposta dagli occhi un'invisibile ciocca di capelli ed esce trionfante dall'ufficio senza elargire moine a titolo gratuito, lasciando però interrogativi senza risposte e la bava sulla bocca di Michele.

33

Grazioso, sorridendo, esterna il proprio pensiero: «Bello l'universo femminile, una galassia che viaggia avanti anni luce rispetto al nostro piccolo treno. Noi viaggiamo su una locomotiva a cremagliera che traina un solo vagone, tanto per non confonderci. Loro cavalcano un'astronave interstellare. Noi uomini siamo esseri semplici e metodici, non siamo in grado di competere con l'esuberanza delle donne ed il loro istinto materno. Per loro siamo tutti figli da fare crescere e difendere dal mondo cattivo, ma nel contempo si sentono vulnerabili. Mi domando se fuori dalla caserma c'è l'insegna di un confessionale che richiama a raccolta tutte le pie donne che hanno bisogno di ascolto».

Michele si alza, scosta la tenda della finestra e poi si risiede. Sta per aprire bocca, quando il Maresciallo lo ferma prima che esca la prima sillaba.

«Non dia materiale per formulare una nuova barzelletta sull'Arma. Invece m'interessa quello che stava cercando di esporre prima dell'interruzione della dottoressa, se lo ricorda?»

«Certo, ecco come la penso. Non abbiamo nessuna prova che sia Pilenga l'esecutore materiale dei due omicidi. Abbiamo fatto delle ipotesi, ma nelle perquisizioni non abbiamo trovato un solo indizio oppure oggetto che lo colleghi ai due omicidi. Non abbiamo testimoni e l'unico filo che lo lega alla prima vittima è il vento del passato che ritorna a soffiare su queste terre».

«E bravo Michele, ecco perché, per il momento, lo tratteniamo solo con il capo d'accusa della sofisticazione alimentare. Dobbiamo usare questi pochissimi giorni per indagare e trovare le prove che sono ben nascoste da qualche parte».

«Forse, se ci rinfrescassimo la memoria con quello che è successo alla fine della guerra, probabilmente avremmo un quadro più chiaro».

Un pensieroso Grazioso apre un cassetto della scrivania, poi un altro e non trovando nulla si dirige verso quella di Renzi. Sorridendo alza un libretto rosso e ne legge il titolo: *Una resistenza, tante storie.* Titolo pieno di significati e non di poco conto perché prodotto in collaborazione con un Liceo.

«Bello coinvolgere i giovani nella storia della nostra terra». - Sfogliandolo trova una tessera -. «Mi ricordavo bene... Acquasanta era iscritto all'ANPI e qui c'è il recapito telefonico del Presidente.

Michele, convochi per domani in caserma il Presidente dell'ANPI
e mi tenga aggiornato su quando potremo interrogare i due carcerati».
- Poi, battendo la mano sulla tasca -. «Rileggerò questa sera il libro.
Ci vediamo domani mattina».

34

«Signor Maresciallo, il presidente dell'ANPI» - annuncia con fare militare Michele e alza lo sguardo verso il nuovo venuto. Gli occhi di Grazioso s'illuminano di una luce giovanile -.

«Fabrizio, che ci fai qui?». - E alzandosi si precipita verso l'uomo allungandogli una pacca sulla schiena -. «Guarda che sorpresa: il leader del famosissimo gruppo EN MANQUE D'AUTRE».

«Ciao Marco, non pensavo che fossi tu il Grazioso che ha già risolto brillantemente tre casi di omicidio».

E ricambia la pacca ricevuta sulla schiena con un pugno sulla spalla. Basito, l'Appuntato a bocca aperta si dondola sulle gambe e resta interdetto sul da farsi.

«Michele, per un'ora si ritenga libero da ogni impegno, ma rimanga nei paraggi».

«Agli ordini Maresciallo». - Ed esce velocemente dall'ufficio -.

«Prego, accomodati e raccontami: sei ancora in pista con il tuo gruppo?»

L'uomo sedendosi si gratta la folta chioma scura: «No, il gruppo cambiò nome in AFA quando fu messo sotto contratto, ma poi si è sciolto alla fine del '90. Ora collaboro con chi ha progetti che ritengo validi. E tu invece hai fatto carriera! Sono passati più di vent'anni da quando te ne andasti da Correggio, dal servizio militare non sei più tornato al paese. Rammento...»

Grazioso alza la mano: «Stop al passato, mi fa sentire più vecchio di quello che sono, piuttosto raccontami come mai un quarantenne diventa presidente del movimento dei partigiani. Mi sembra una cosa alquanto singolare e curiosa».

«Il discorso è molto semplice» - attacca deciso Fabrizio -, «innanzitutto è una questione anagrafica in quanto i partigiani ancora in vita superano tutti le novanta primavere e quindi, per mantenere viva la memoria e quelle esperienze di vita, se non siamo noi giovani ad impegnarci andrebbe tutto perduto. Cerchiamo di raggruppare in modo apartitico tutte quelle persone che si identificano nell'antifascismo di ogni colore. Per noi essere antifascisti è combattere l'ignoranza, i soprusi, le discriminazioni e preservare la pace. Tutti valori che possono essere sposati da persone di ogni ceto e provenienza politica.

«Altra cosa molto importante è la difesa della Costituzione, perché la riteniamo ancora valida. Ogni società nella quale la garanzia dei diritti non è assicurata, né la separazione dei poteri determinata, non ha costituzione. Sai dove sta scritto? Nella *Déclaration* che scrissero i rivoluzionari francesi nel 1798. Queste parole sono state impresse con il sangue di migliaia di persone vessate dal potere».

«Parlando di sangue, se la memoria non m'inganna, prima e dopo la liberazione i partigiani ne hanno fatte di tutti i colori e ultimamente ho letto un libro che ne evidenzia tutte le contraddizioni...»

Fabrizio alzandosi di scatto si infervora: «E siamo contro ad ogni rovescismo. Come si possono giudicare fatti accaduti in tempo di guerra ragionando oggi, dopo settant'anni? E poi se ti avessero ucciso genitori e fratelli per l'ideale della razza ariana, ti sarebbero girate le palle o avresti perdonato?»

Grazioso preso in contropiede cerca di calmare i toni: «Non volevo infangare la Resistenza, ma...»

«È l'ignoranza che frega il popolo» - interrompe Fabrizio, ancora più scuro in volto -. «È il non sapere la verità che impedisce a tutti di avere diritti e doveri condivisi. Sono le letture faziose che fanno scoppiare scintille. Se a tuo figlio dicessi che il fascismo incrementò la produzione del grano, programmò lavori pubblici e bonifiche e aiutò finanziariamente le aziende in crisi, sicuramente penserebbe che i partigiani combattevano i buoni. Ma cosa penserebbe tuo figlio se lo facessi parlare con un reduce dalla Campagna di Russia, con chi è sopravvissuto ai campi di concentramento o chi ha avuto sterminati parenti e amici dai suoi stessi concittadini? Certo che i partigiani si sono macchiati di sangue anche in momenti non bellici... Però era tanta la rabbia sopita che prima o poi sarebbe esplosa e quando qualcosa esplode ci vanno di mezzo anche degli innocenti».

Una cimice, partendo dal lampadario, comincia un giro vizioso intorno al calore della lampadina. Uno, due... dieci giri in tondo senza trovare la via maestra poi, esausta, si riposiziona sul punto di partenza. Grazioso apre un cassetto della scrivania, prende un pacchettino e scarta una tavoletta di cioccolata fondente. Ne mette in bocca un quadretto e porge un pezzetto a Fabrizio: «Pace?»

«Pace» annuisce, accogliendo l'offerta.

«A proposito, di figli non ne ho, ma se avrò la fortuna di diventare padre te lo manderò a lezione» - riprende scherzosamente Grazioso per stemperare la tensione -.

«Scusami, ma non sopporto le mezze verità. Oggi più di ieri. Chi ci comanda le usa come foraggio per il popolo che restando nell'ignoranza non può decidere consapevolmente. Ma a parte la lezione storica, per quale motivo mi hai chiamato?»

«Hanno trovato ucciso nel suo appartamento l'ex partigiano Franzosi. L'unico indizio che abbiamo per il momento sono queste parole» - e gli porge una fotocopia con le ultime volontà della vittima -. «Ed essendo tu il loro presidente mi è balenata l'idea che potrebbe essere una via per smascherare l'assassino».

Accigliato, Fabrizio legge attentamente le poche parole, ci pensa su e sbotta: «La notizia della sua morte mi ha colpito moltissimo e una storia sulla soda caustica l'ho già sentita, ma per i particolari dobbiamo interpellare Atos, che era il suo comandante nel distaccamento della "Volante Borghi" e che operava in azioni di sabotaggio nella zona di Correggio. Abita in centro».

«Abbiamo un interrogatorio alla "Pulce"[13] di Reggio Emilia, e se non andiamo ci vorranno giorni per avere un altro permesso» - borbotta Grazioso, alzandosi -. «Potremmo fare visita ad Atos domani, così avrai il tempo di avvertirlo».

«Per me va bene, a domani».

I due amici si stringono la mano e ognuno veleggia nei propri pensieri.

---

[13] Casa circondariale, carcere

35

Il carcere si trova nella zona sud di Reggio Emilia, appena fuori città e ai piedi delle prime colline dell'Appennino Reggiano, in questo frangente baciate dal sole, mentre una cappa di smog e nebbia grava sulla città. Una lunga e diritta via conduce alla tipica struttura quadrata che contraddistingue questi invisi edifici.

Come nei film la stanza è spoglia, solo un tavolo e alcune sedie arredano il misero ambiente. Grazioso, in paziente attesa, cerca di formulare mentalmente le domande da porre, ma come sua consuetudine, la sequenza dell'interrogatorio sarà dettata dalle risposte ricevute.

La porta si apre e l'imponente figura di Leonardo fa la sua apparizione, mentre un ghigno sorridente gli illumina il viso. Sposta la sedia come se fosse un fuscello e si accomoda di fronte al Maresciallo.

«Non hanno badato a spese per l'arredamento» - borbotta Leonardo tra sé, guardandosi intorno con un sorriso beffardo -.

Scrutandolo profondamente, Grazioso in un monacale silenzio cerca di capirne l'indole, ma dall'uomo non trapela alcuna emozione, come se fosse racchiuso in una vongola. Pochi attimi ed è Leonardo che non sopporta il silenzio: «Guardi che se non ha nulla da chiedere me ne torno volentieri in cella, mi ha interrotto la visione di un programma interessantissimo». - E l'immancabile sorriso rende giocondo il paffuto viso di Scaltriti -.

Il Maresciallo, capendo chi ha di fronte, parte diritto al problema cercando di sbriciolare la sicurezza del suo interlocutore: «Lei e suo fratello siete recidivi, è la seconda volta che venite arrestati per frode alimentare, ma questa volta c'è un piccolo particolare che vi terrà dentro per parecchio tempo».

La pausa e l'affermazione del Grazioso spengono ogni segno di boria dell'uomo che si domanda dove vuole andare a parare, ma per non incappare in errore, decide di restare silenzioso.

«Vedo che le ho messo qualche pensiero». - Ora è Grazioso a sorridere -. «Stavolta ci sono sulle vostre spalle anche uno o due omicidi, abbiamo trovato nelle vostre abitazioni delle frecce che inequivocabilmente vi mettono in relazione ai fatti delittuosi».

Una smorfia increspa il viso, ora preoccupato, di Leonardo che prontamente si difende: «Volete incastrarci perché non siete in grado di trovare i veri colpevoli, ma noi con gli omicidi non abbiamo nulla a che fare! Qualcuno ha montato ad arte questo finto collegamento».

«Non vedo a chi possa giovare» - è l'astuta risposta di Grazioso -.

Leonardo, socchiudendo gli occhi fino a farli diventare due piccole fessure, cerca un compromesso: «Se spiegassi punto per punto la nostra "attività" che cosa potrei avere in cambio?»

Un sicuro Maresciallo scuote la testa e ribatte: «Nulla, anche il Pilenga vi ha accusato, volevate troppo e lui asserisce che siete voi quelli che hanno macchinato tutto».

«Questa è una fandonia». - Ora il tono di voce di Leonardo si è alzato -. «Era lui che non voleva darci più la copertura, era lui che con il suo passato da fascista aveva dei buoni motivi per uccidere l'ex partigiano».

«Non mi convince la sua difesa». - Grazioso si alza e si appoggia al muro -. «Tra poco interrogherò il Farri, che guarda caso è anche lui ospite qui alla "Pulce" e con la vostra stessa accusa di sofisticazione del vino, penso proprio che ne sentirò delle belle».

Leonardo, duro in volto, scuote energicamente il capo: «Un'altra brava persona, il Farri. Quello che voleva soppiantarci nel commercio in questa zona, racconterà solo balle per tirarsi fuori dai guai».

Il Maresciallo si avvia verso la porta, piantonata da una guardia carceraria: «Nei guai, e grossi, ci siete voi due, lei e suo fratello».

Lo scatto tanto inaspettato quanto veloce, come il morso di un cobra, prende alla sprovvista sia la guardia carceraria sia il Maresciallo. Come un fulmine Leonardo si posiziona alle spalle di Grazioso e, cingendogli il collo con le muscolose braccia, gli alita in un orecchio: «Adesso, la danza la conduco io».

L'impasse del momento viene rotto dal rumore secco della sedia, dove era seduto l'uomo, che rotola sul pavimento.

36

Una morsa d'acciaio cinge il collo di Grazioso che riesce a respirare a malapena, mentre il riacutizzare del dolore alla base della testa lancia dolorose stilettate. La guardia posizionata alla porta fa il gesto di prendere la pistola, ma Leonardo, sorridendo più con gli occhi che la bocca, spiega perché potrebbe essere una mossa sbagliata: «Un gesto e il collo del Maresciallo farà crac, e non credo che sarà contento, vero Grazioso?»

«Non puoi uscire tranquillamente dal carcere» - risponde questi con voce rauca, causata dalla pressione del braccio sul pomo d'Adamo -. «Non peggiorare la tua situazione. Po...possiamo trovare un accordo».

«Eh no, Maresciallo, adesso che è in svantaggio vuole un accordo! Voi avete già deciso chi sono gli assassini, quindi per me non cambia nulla. L'unico che può perdere qualcosa, la vita, in questo frangente, è lei. Non le sarà difficile fare arrivare un'automobile con il pieno davanti al cancello e tenere le strade libere per qualche decina di chilometri. Faremo un giretto in compagnia, così potremo conoscerci meglio».

E una tonante risata rimbomba nella stanza.

Ingrana la marcia, mentre con la sinistra tiene sotto tiro il Maresciallo. La macchina messa a disposizione è full optional e anche la pistola fa parte del pacchetto. Molla la frizione e gli pneumatici hanno l'ardire di "fumare", anche se all'esterno ci sono zero gradi. Dalla prima alla quarta in un paio di secondi, mentre il motore ringhia furiosamente sotto il cofano.

Leonardo guarda nello specchietto retrovisore e soddisfatto constata che nessuno si è mosso all'inseguimento. S'immette nella via che porta verso Scandiano, paese distante una decina di chilometri da Reggio Emilia, a tutta velocità, suonando con divertimento il clacson. Oltrepassato il piccolo centro abitato di Bosco, la strada diventa un leggero saliscendi e il traffico si dirada. Guarda divertito Grazioso che non ha aperto bocca in attesa di tempi migliori. Poi, inaspettatamente, rallenta un attimo la corsa accostando alla carreggiata e con un colpo secco del piede apre la portiera del Maresciallo.

«Non le resta che fare l'autostop per rientrare a Correggio» sono le parole che scivolano nel vento, mentre l'auto si allontana e Grazioso ruzzola nel fosso.

37

C'è fermento in caserma. Pochi minuti e il Maresciallo arriverà dopo una veloce messa a punto fatta all'Arcispedale di Reggio Emilia. Michele, pieno di fogli, non riesce a stare fermo e innervosisce tutti gli altri colleghi. Zuppalà cerca di stemperare la tensione domandandogli se ha qualche buona notizia da dare in pasto ad un – sicuramente – indiavolato Grazioso. In effetti una piccola notizia c'è, ed è il primo rapporto che svetta su una pila di documenti che ingombra la scrivania. Leonardo Scaltriti è stato arrestato ieri sera, lo stesso giorno della fuga, in quanto sulla macchina messa a disposizione era stato installato un rilevatore di posizione. Un gioco da ragazzi arrestarlo sulle colline Bolognesi, ma di tutti gli altri quesiti nessun segno tangibile di miglioramento.

Una vettura senza contrassegni si ferma davanti alla caserma e ne scende un claudicante Maresciallo. Un cenno di saluto al conducente e si dirige zoppicando verso l'entrata, un collare rigido al collo e un braccio fasciato sorretto da una sciarpa. All'interno tutti s'inventano qualcosa da fare e i più cercano di non essere i primi ad incontrarlo. Entra nel suo ufficio dolorante, si siede sulla poltrona e guarda torvo Michele che fa finta di leggere un rapporto. Il silenzio la fa da padrone.

«Le è morto il gatto?» - Sbotta Grazioso dopo pochi attimi -.

Michele alza gli occhi e, incrociando lo sguardo con quello del Maresciallo, comprende che la belva è ferita, ma non morde: «Non volevo disturbarla, vedo che è piuttosto malridotto».

«Ho cercato di bluffare, ma l'ho fatto con la persona sbagliata e sono stato giustamente punito. Non avevo prove concrete e ho cercato di forzare la mano… e il tutto si è rivoltato contro di me. Un'esperienza da ricordare».

Cerca di stendere il collo, ma una smorfia di dolore gli increspa i lineamenti del viso.

«Ci sono novità?»

«L'unico passo in avanti è l'arresto di Leonardo Scaltriti, è tutto scritto nel rapporto. Sugli altri fronti, nessuna novità di rilievo». E con la biro traccia su un foglio dei segni senza senso.

«Siamo in un vicolo cieco. Quando passerà Tavernelli?»

«Verso le undici, ma se vuole sposto l'appuntamento» - risponde, muovendosi verso la cornetta -.

Un sorriso forzato cerca di addolcire i duri tratti del viso e indica a Michele di posare l'apparecchio.

«Non possiamo rimandare ulteriormente, dobbiamo esplorare ogni pista e non saranno alcune contusioni a fermarmi. Ci vorrebbe un'intuizione...»

Il giovane Carabiniere è titubante sul da farsi poi, con un gesto deciso, si convince ad esporre la propria teoria. Un grosso respiro e si tuffa a peso morto: «Ho elaborato una mia idea, posso...?»

Sorpreso da questo intraprendete scatto, al capo non resta che sussurrare: «Sono tutt'orecchi, che è anche l'unica cosa che mi è rimasta sana» - e accompagna la battuta con un doloroso ghigno che increspa di rughe il magro viso -.

«Le statistiche dicono che oltre la metà dei fatti delittuosi vengono perpetrati da parenti e amici. E se fossero stati i compagni di Franzosi ad ucciderlo? Non potrebbero essere anche loro coinvolti nel giro di sofisticazione del vino? Abbiamo un camionista, Conca, uno che sa maneggiare il denaro, Piazzi, l'altro che era nell'ambiente contadino, la vittima e la mente, Noce, che ha studiato e potrebbe aver sviluppato il piano. Tutto l'occorrente per svolgere qualsiasi attività. Poi, qualcosa è andato storto oppure non andavano più d'accordo e patatrac! Ci scappa il morto» - conclude soddisfatto Michele -.

Impietrito, Grazioso non crede a quello che ha ascoltato e una fitta nel profondo dello stomaco, l'ulcera che sta crescendo a forza di sentire scempiaggini, lo fa sobbalzare dalla poltrona, incurante degli altri dolori che si diramano in tutto il corpo. Non sa se piangere o ridere istericamente, ma sceglie una via dolce per frenare ulteriori eruzioni di cazzate.

«Le risponderò con una massima di un mio grande amico...»

Tanto pensa, *questo qui è talmente ignorante che la beve tutta d'un fiato.*

«...questo mio grande amico, Charles Bukowski[14], mi fece questa affermazione sulle statistiche: non mi fido molto delle statistiche, perché un uomo con la testa nel forno acceso e i piedi nel congelatore statisticamente ha una temperatura media. Da allora non credo più ai numeri, ma solo a fatti e prove».

Michele, che non ha capito una sola parola, per non fare una magra figura cerca di battere in un'onorevole ritirata: «A fronte di tanta sapienza, credo che alla mia teoria manchino le prove e, pensandoci bene, è un poco campata in aria».

Zuppalà entra in ufficio e comunica che è arrivato il presidente dell'ANPI, togliendo dai carboni ardenti il collega alquanto stranito.

---

[14] Poeta e scrittore americano morto nel 1994

38

Fabrizio, come vede il Maresciallo, si accerta delle sue condizioni e si fa raccontare gli avvenimenti del giorno precedente. Con tatto, chiede se sia il caso di spostare l'appuntamento, ma la testardaggine di Grazioso ha la meglio, che rilancia chiedendo di raggiungere il centro città a piedi: «Una bella camminata non potrà che lenire tutti i dolori» - è l'ordine perentorio -.

I tre uomini in processione e imbacuccati nei rispettivi pensieri, sbucano su viale dei Mille, poche centinaia di metri e svoltano in via Conte Ippolito.

«Fabrizio, tu dove hai fatto le medie?» rompe il silenzio Grazioso, fermatosi per riposare gli arti doloranti. «Io alle Andreoli. Mi ricordo ancora le magliette che distinguevano le due scuole: Andreoli gialla slavata e Marconi arancione pallido. Proprio due brutti colori... tonalità che sono state tolte dalle cartelle colori di tutto il mondo».

Fabrizio non risponde e continua a camminare. Grazioso cerca di affrettare il passo per quello che può e raggiunge l'amico.

«Cosa c'è che non va?»

Le parole che escono non sono la strofa di una sua nuova canzone, ma cubetti di ghiaccio. «Continua a scorrere sangue su questa triste terra».

E si richiude nei suoi commiserevoli pensieri. Dopo aver percorso via Gambara, si ritrovano in viale Cottafavi e proprio di fronte ai giardini ecco stagliarsi due palazzoni; s'intravvedono appena tra gli alberi e una nebbia che ha il potere di togliere il sorriso anche ad un clown.

«Abita qui» - tocca a Fabrizio rompere il silenzio -. «L'ho avvertito con il telefonino, sicuramente è sulla soglia ad aspettarci».

E suona il campanello.

I tre uscendo dall'ascensore incontrano lo sguardo di un arzillo ottantenne che, come previsto, era sulla soglia ad attenderli. Entrano nell'appartamento e dopo i preamboli di rito si accomodano nel soggiorno. Il Maresciallo si guarda intorno e pensa di essere rientrato nell'appartamento di Franzosi, tanto è somigliante la pulizia e l'ordine che regnano nella stanza; anche i libri sembrano essere gli stessi.

«I vostri libri sembrano un marchio di fabbrica, sono gli stessi della vittima» - dice al vecchio partigiano -.

Atos squadra il Maresciallo con gli occhi scintillanti che ricordano l'antico ardore prima di rispondere: «Ha incontrato una squadra di camicie nere? Non sono questi scritti che ci legano. Sono la fame, la voglia di libertà e di giustizia che ci legavano e che non si sono mai sopite nei nostri cuori. La mia impressione è che oggi si vive ancora troppo bene per fare capire ai giovani che tante conquiste strappate col sangue le stanno perdendo lentamente. Sono stati abituati da noi adulti ad avere tutto e subito. La colpa è nostra, non loro. Vedete…» - aggiunge rivolgendosi verso il termosifone - «una volta d'inverno ci si scaldava con il calore delle mucche nella stalla, oggi come si avvicina la brutta stagione è sufficiente girare una manopola. Tutto troppo facile».

Grazioso, esibendo un sorriso di circostanza, cerca di prendere la parola: «Siamo venuti a trovarla perché…»

«Sì, so cosa cercate, ma due minuti potete aspettare. Le giornate oramai sono lunghe e noiose e ricevo poche visite». - Aprendo una cartellina toglie alcuni fogli e li porge al Maresciallo -. «Vedete, questo sono io da giovane e questa è la tessera dell'Associazione Nazionale Partigiani d'Italia del Comitato provinciale di Reggio Emilia, e qui c'è un po' della nostra lotta di resistenza. E questo glielo regalo». Porge un librino tascabile con la copertina marrone, senza titolo, ma con i nomi di partigiani che la ricoprono completamente. «Questo è un quaderno di pensieri, per non dimenticare. Leggere fa bene al cervello, perché se un popolo è colto non si farà mettere i piedi in testa, come facevano i mezzadri coi loro padroni. Perché a quei tempi...»

«Atos». - È Fabrizio stavolta a interromperlo, cercando di riportare il discorso sul giusto binario -. «Gli racconterai le tue rivendicazioni un'altra volta, siamo qui per cercare di risolvere un delitto».

Atos ribatte freddamente: «Questa terra è intrisa di sangue, ma dopo tanti anni non ha ancora soddisfatto la sua sete».

Un cupo silenzio s'impadronisce dei quattro uomini, finché Grazioso non lo rompe di nuovo: «In punto di morte, Acquasanta... a proposito, strano nome per un partigiano».

Il vecchio sorride: «Era ateo fin dentro il midollo, però, tutte le volte che entravamo in Chiesa per sfuggire ai fascisti, beveva un sorso di acqua benedetta, asserendo che così il corpo si abituava gradatamente al Paradiso in attesa che anche l'anima espiasse i peccati».

Grazioso, allungando una fotocopia, cerca di tenere il vecchio sul pezzo: «Sul foglio la vittima ha scritto "soda caustica". Le dice qualcosa?»

Un sorriso amaro taglia in due il viso dell'ex partigiano.

«La guerra ci ha reso duri, dentro. Dopo aver subito tanti torti e soprusi non potevi, finita la guerra, andare al bar e sederti di fianco a chi ti aveva torturato fino a ieri. Voi non potete capire e non lo capirete mai, perché vivete in un contesto diverso e non lo avete provato sulla vostra pelle».

Si toglie gli occhiali e si massaggia la fronte. Poi con la mano sinistra si stringe le guance ben rasate. Gli occhi sono lucidi perché i ricordi tornano in vita e la voce è rotta dalla commozione.

«La notte in cui morì Glauco, caduto in un'imboscata, Acquasanta era con me» riprende. «Dopo essere fuggiti, grazie al sacrificio di Glauco, ci nascondemmo in una casa di latitanza, sempre a Lemizzone, dai Belloni. Sotto il fienile c'era una botola e scendendo le scale si entrava in una stanza dove era nascosta una di quelle grosse e nere macchine che venivano utilizzate per stampare i giornali in modo clandestino.

«Restammo due giorni e due notti in attesa che si calmassero le acque. La mattina dopo l'imboscata, quando ci portarono un pezzo di pane, ci raccontarono che la linea telefonica Budrio-Gavassa era stata subito ripristinata. Potete capire il nostro stupore a tale notizia, perché allora non si andava al supermercato a comprare qualche centinaio di metri di filo di rame. I contadini avevano preso l'abitudine di sciogliere il filo di rame nella soda caustica per produrre il verde rame da dare alla vigna. Così facendo si faceva sparire anche il corpo del reato. Facendo due più due, capimmo che dai fratelli Iotti era successo qualcosa di strano. Terminata la guerra venimmo a sapere che un presunto amico della famiglia, loro ospite in quei giorni, era in verità un infiltrato fascista e si chiamava Farri, Erio Farri. Sapendo della nostra spedizione, per non destare sospetti e per mantenere la sua copertura, impedì che fosse fatto del male alla famiglia Iotti e, in cambio, ci diede in pasto alle brigate nere. Il filo di rame tornò prontamente sui pali a svolgere il proprio dovere. Beffa nella beffa, finita la guerra ci trovammo ancora al punto di partenza. Molti posti che contavano erano stati occupati, sempre dalle stesse persone che durante la guerra ci perseguitavano, tra cui il nostro amico che però se ne andò da Correggio.

«L'unica certezza, anche dopo la liberazione, è che fummo costretti a lottare ancora per far valere i nostri diritti. Da allora Acquasanta non ha mai avuto pace e un tarlo maligno si è impossessato della sua anima, rodendolo sempre più in profondità. Qualche giorno fa mi aveva telefonato e, tra una bestemmia e l'altra, mi disse che chi sapevamo noi era tornato a Correggio e che gli avrebbe fatto pagare una volta per sempre quella porcata. Purtroppo ora capisco com'è andata a finire». - Grosse lacrime solcano il viso rugoso di Atos -. «Questa maledetta guerra fratricida non avrà mai fine…! Ah, se fossi più giovane».

Il vecchio partigiano si ammutolisce e guarda fuori dalla finestra assaporando la bellezza di questa terra, ma odiando chi non la sa apprezzare.

Rientrati in caserma e, dopo aver congedato Fabrizio, si ritrovano in mano un movente, il probabile assassino, ma come sempre senza una prova concreta. Grazioso apre un cassetto della scrivania, prende un foglio e comincia a scrivere.

«Bisogna aver metodo in questo lavoro» sbotta, parlando più a se stesso che a Michele. «Vediamo, tutto è partito dall'assassinio di Acquasanta, poi ci sono le frecce che hanno infilzato i Babbi Natale, che probabilmente sono azioni dello squilibrato immortale, la morte che per il momento appare naturale di Villa...» - Si picchietta la biro sulla fronte come se cercasse di far aprire la porticina dei ricordi -. «Poi, ci sono le due frecce giocattolo che sanno tanto di depistaggio... ecco cosa dimenticavo. Michele, prendi nota che non abbiamo ricevuto il resoconto tecnico sulla bombola d'ossigeno...»

Il Carabiniere scelto diventa paonazzo in volto.

«Il libretto degli appunti!» - Urla, colto da un lampo di genio -. «Renzi scriveva tutto su un piccolo blocco, ma non compare nella lista degli oggetti ritrovati sul suo cadavere, però ricordo di avere letto qualcosa che faceva riferimento ad un'agenda...»

Apre con furia tutti i cassetti della propria scrivania, imitato con più calma dal Maresciallo che fa altrettanto sulla sua. Diversi minuti di ricerca infruttuosa scoraggiano i due uomini che si accasciano sulle poltrone.

Poi un barlume, una scintilla illumina il viso di Grazioso.

«La cartellina con il rapporto sull'arresto di Farri?»

Michele si dirige verso uno scaffale e prende una cartella che porge al Maresciallo, lui la apre e legge voracemente le righe. Batte istericamente con le dita sul foglio: «Il materiale sequestrato al momento dell'arresto, perché non è stato consegnato in caserma?»

«Quando le indagini sono ritornate in mano nostra» cerca di spiegare un titubante Michele, «nessuno si è preoccupato di completare le procedure di passaggio e l'iter si è impantanato. Questo perché Di Pasquale, ben poco interessato alla faccenda, se n'è infischiato e noi ce ne siamo dimenticati».

«Con chi mi devo complimentare per questo ottimo lavoro?» - È la risposta tagliente di un rilassato Grazioso -.

Il Maresciallo Grazioso ha chiuso la valigia e sta aspettando l'arrivo del taxi che lo porterà in stazione a Reggio Emilia. È molto leggera perché contiene solo vestiti, mentre il macigno dei ricordi si è dissolto con la morte di Renzi. L'appoggia lungo il corridoio ed entra nell'ufficio che lo ha visto protagonista nell'ultimo mese. Michele, sentendolo entrare, distoglie lo sguardo dall'ultimo rapporto firmato dal capo. L'agenda trovata negli oggetti personali di Farri era quella di Renzi, mentre sugli scarponi è stato rinvenuto del terriccio che aveva dei residui di foglioline di viburno, siepe che, nella zona di Correggio, si trova solo nel podere dei fratelli.

Questo reperto prova che il Farri ha fatto loro visita e quindi potrebbe essere l'esecutore materiale del depistaggio fatto con le frecce giocattolo. Il Villa è morto per una crisi respiratoria, ed è praticamente impossibile poter dimostrare se la causa scatenante sia stato un presunto litigio con l'imputato. Si pensa ad un alterco con il Farri, perché nell'appartamento è stata rinvenuta la solita freccia giocattolo. Fatti non determinanti, ma che saranno comunque il contorno del piatto succulento che è anche la prova regina: l'agenda. Per quanto riguarda Pilenga e i fratelli, le prove e le varie accuse incrociate che si sono lanciati contro come dardi velenosi dovrebbero portare ad una sicura condanna.

Il Maresciallo si dirige verso la sua scrivania e da un cassetto prende un libretto marrone, lo sfoglia velocemente e melanconicamente sospira alcune parole: «Non sempre si ottiene la quadratura del cerchio. Ho avuto la fortuna d'imbattermi in persone che hanno ancora il senso di lealtà e sanno distinguere il bene dal male senza chiedere favori in cambio, perché il vero male lo hanno visto e provato sulla loro pelle durante la guerra e, per loro, debellarlo è stato il premio».

Porge il libretto a Michele e senza salutare esce. Il Carabiniere scelto non fa in tempo ad informarlo sul fatto che, nella perquisizione dell'appartamento di Sessi Marco, sono stati trovati diversi opuscoli di agenzie che in cambio di soldi "costruiscono" una nuova identità e storia di vita, incluso biglietto aereo per qualsiasi destinazione.

È un personaggio talmente insignificante nell'economia della storia che non vale la pena neanche di alzarsi dalla scrivania, pensa scrollando le spalle.

Fernando sta inzuppando un pezzo di gnocco fritto in un bicchiere di latte, mentre Artemio addenta un cornetto. Artemio getta sul tavolo le carte che ha in mano e sbotta: «Impossibile vincere una partita contro voi due». - Si stiracchia e chiede a Fernando di portargli la carrozzina -. «Meglio andare a casa, sennò mi sale la pressione dal nervoso».

«Aspetta un attimo, finisco il latte e arrivo».

I quattro stanno per alzarsi dal tavolino, quando Ermes appoggia sgarbatamente una bottiglia di Lambrusco tra le carte sparse sul tavolino, interrompendo la conversazione. Questo manda su tutte le furie Mentore che stava spiegando agli amici come era finita la vicenda dei fratelli Scaltriti. Non ha il tempo di brontolare perché viene immediatamente zittito da Ermes.

«Questa è offerta dal Maresciallo Grazioso e si è voluto assicurare che fosse di quello buono, come se io vendessi della robaccia... e vi augura un'amicizia lunga una vita».

Epilogo

Grazioso gira la chiave nella toppa ed entra nel suo appartamento bolognese. Lancia il berretto verso l'attaccapanni, ma sbaglia il tiro e quello finisce sul pavimento, mentre il cappotto lo lascia sul divano. Si dirige in cucina, apre il frigo, beve un sorso d'acqua direttamente dalla bottiglia e toglie dalla tasca dei pantaloni due barattoli. Li apre e con cura ne prepara il composto. Finito, si dirige verso lo studio dove su due mensole ci sono ben allineate una serie di teste di donna in terracotta. Quelle sulla mensola più in alto hanno solamente gli occhi dipinti. Prende una testa dalla mensola più in basso e l'appoggia sul tavolo da lavoro. Guarda una fotografia incorniciata che raffigura una ragazza e un nodo gli attanaglia lo stomaco. È solo un attimo di smarrimento. Raggruppa le forze mentali e intinge il pennello nell'azzurro. Con maestria comincia a dare vita agli occhi. Pochi minuti e guarda il risultato.

«Sì, l'azzurro è quello giusto» sussurra annuendo con il capo. «Speriamo che anche il color carne mantenga fede alle promesse del commerciante».

FINE

Ringraziamenti

La scrittura mi porta a vivere in un mondo parallelo, però, prima o poi, c'è da rientrare sulla terra e quindi un sincero ringraziamento:

a Cristina per l'infinita pazienza;

a Viviana e Matteo, i primi lettori e critici di ogni mio scritto;

a Fabrizio, attore non protagonista di questa storia.

ad Arrigo, che di fronte ad un prosecco diventa una fucina di idee;

a la Writers Editor, per la professionalità;

a tutti i lettori che vorranno condividere questa avventura.

INDICE

www.shopwriterseditor.altervista.org
direzionewriterseditor@gmail.com

Finito di stampare nel mese di Gennaio 2020
per **WritersEditor** - Roma

www.ingramcontent.com/pod-product-compliance
Lightning Source LLC
LaVergne TN
LVHW010340200726

843507LV00010B/1572